童心園

童心園

童心園

童心園

からくり探偵団｜懐中時計の暗号を解け!

機關偵探團

2 解開懷錶暗號

作者／藤江純
繪者／三木謙次
譯者／吳怡文

目錄

登場人物

真坂拓海

住在淺草的小學五年級學生，手腳笨拙，但頭腦敏銳。

水野風香

因為媽媽再婚而搬到小鎮的女孩。

島田草介

拓海的童年好友，家裡開天丼店，有雙靈巧的雙手。

拓海的媽媽

「福屋柑仔店」的老闆娘。

拓海的爸爸

以真坂洋次郎為藝名，曾是小有名氣的過氣藝人。

阿九

曾經是隻流浪貓，因緣際會下，成為「福屋柑仔店」的店貓。

湯瑪士

獨自來到日本的美國少年，很喜歡日本，和拓海同齡。

緒方麻衣子

大學生，是另一只懷錶主人的後代。

羽根岡

對美術與機關頗有研究的評論家。

黑衣男

跟蹤湯瑪士的神祕男子。

第一章

突然其來的金髮少年

真坂拓海坐在桌前，用手托著腮幫子。他癟著嘴，手上快速翻著漫畫雜誌，發出「啪啦啪啦」的聲音。

這裡是拓海家附近的大眾澡堂[1]，澡堂位於商業大樓的高層，從館內的露天澡堂望出去，東京晴空塔近在眼前，除了按摩浴缸和按摩水柱等各種設備，還有三溫暖和餐廳。不光是當地居民，許多觀光客也會上門，是個絕佳的療癒場所。

拓海人正在澡堂內的休息區。這裡排放了約十組的小型桌椅和幾把躺椅，堆放在架上的漫畫全都可以自由取閱。

坐在隔壁的高個兒是拓海的朋友島田草介。他是天丼老店的兒子，平常總是一副機靈的模樣，現在卻一頭栽進漫畫書中，懶洋洋的嘴巴微開，偶爾還會露出令人毛骨悚然的笑容。

今天，拓海從一早就倒霉到了極點。

首先，他夢到自己從樓梯上倒栽蔥般的跌了下來而驚醒，並「砰」的一聲從床上摔落，腰部被重重撞擊；進廁所後，發現

1. 日本特有的傳統公共浴池，需自備盥洗用具，以性別分開不同浴池，在家庭浴室普及後，多轉型成觀光型態經營。

衛生紙用光了，只剩下中間的紙筒，而且也沒有備份；媽媽烤的土司一片焦黑，他稍微抱怨了兩句，馬上受到指責；從衣櫃拉出襯衫時，不小心將扣子扯掉了；踩到寵物貓阿九的尾巴，而被絆倒……這一天的開始，真是糟糕透頂！

最致命的一擊是爸爸剛才的表演，拓海的爸爸是位藝人，藝名叫真坂洋次郎，他一直都是獨自演出戲劇或搞笑短劇，但最近學會的魔術獲得好評，偶爾會受邀到宴會上表演，今天他又受邀在這個澡堂的晨間節目中擔任暖場演出，表演個人喜劇和魔術。

但是……

先不論爸爸最拿手的上班族題材喜劇，魔術表演的部分實在是太糟了。

在鋪上榻榻米的會場裡，聚集了十幾位剛泡完晨澡的客人，拓海和草介是爸爸的跟班，所以可以免費入場，悠閒的泡澡。泡過澡，精神恢復之後，他們端坐在會場角落欣賞父親的演出，並熱烈鼓掌、帶動氣氛。

客人幾乎都是上了年紀的長者，有一邊獨飲啤酒，一邊看著賽馬報紙的大叔、默默吃著生魚片的老夫婦，以及湊在一起七嘴八舌閒聊的大嬸。

這個時候，爸爸用洪亮的聲音對著觀眾打招呼：「讓各位久等了！我是真坂洋次郎！現在帶來大家期待已久的魔術！」

剛剛那段喜劇頗受到捧場，觀眾隨著劇情發出笑聲，或許是因為受到鼓舞，爸爸很有氣勢的拿出一組撲克牌，不料，撲克牌突然從手上掉了下來，散落在舞臺上，客人以為那是表演的橋段，所以更專注的看著爸爸。

但拓海知道，那單純只是一個失誤，這個魔術應該要先以熟練的手勢洗過撲克牌，再請客人從中抽出一張，爸爸再猜中那張卡片上的數字。

「真是抱歉，怎麼會這樣呢？撲克牌一直滑掉……」說著，拓海的爸爸彎下腰，開始撿拾撲克牌。

拓海捏了把冷汗，繼續看著爸爸，直到爸爸終於把卡片都拿在手上了，正當他心想魔術表演終於能開始，沒想到，卡片又散亂一地，爸爸再次彎腰撿拾卡片。

後來同樣的事又連續發生了四次，觀眾席中開始冒出這樣的話語：「撿撲克牌就是你的技藝嗎？」

下一個節目「歌謠秀」的時間已經到了，爸爸只好乾笑說：「真的很抱歉……」然後，搔著自己留著長髮的頭，走下舞臺。

短劇・魔術
真坂洋次郎

坐在拓海隔壁桌的大嬸形式化的拍手，一邊竊竊私語。

「我第一次看到這麼讓人緊張的魔術表演。」

「沒錯，看得心臟都要停了。」

這場演出真的只能說是慘不忍睹，拓海催促草介，兩人匆忙離開會場，他們沒和在休息室的爸爸打招呼，就來到漫畫區。

從早上開始就是一連串的倒霉事，然後又親眼看到爸爸的失態，拓海心情愈加惡劣。

「拓海。」草介忍住笑和拓海說話。

「做什麼？」

草介彷彿完全不在意拓海的臭臉，他用手指著手上的漫畫，一邊說：「你看過最新一集的《密碼刑警》嗎？」

「有啊！」

「很好看吧？那個比利其實是外國的王子！真把我嚇壞了，不過這次的密碼真的好難。」

《密碼刑警》是現在非常受歡迎的連載漫畫。內容主要是一個只懂得解開密碼，其他事都做得一塌糊塗，人稱密碼刑警的菜鳥刑警，和身分不明的聰明金髮少年比利，一起用有趣的方式辦案。每一集的結尾都隱含了下一集要解開的密碼，如果讀者解開密碼，把解答寄到雜誌社，就會從答對的讀者中抽出一名，送他作者的簽名板。雖然拓海和草介都曾經寄出寫了正確答案的明信片，卻不曾得到簽名。

草介把雜誌上的密碼抄在便條紙上，一邊喃喃自語。

「嗯，這是稻田的畫吧？然後有桂花、紫羅蘭的圖片……這是什麼意思？完全想不出來。」

「沒有這麼難吧！」拓海說。

「是嗎？」

「如果把文章中每一行的第一個字連起來，不就變成一個有含意的密碼嗎？」

「是，有這樣的密碼沒錯。」

「這次雖然加入圖畫和照片，但基本道理是一樣的。」

「原來如此！」

草介眼睛一亮，開始在便條紙上寫下文字。

「嗯……如果抓出第一個字的話，那就是稻田的『稻』，接著是『桂』和『紫』，然後一幅國王與王后的插圖，箭頭指著王后，所以是『王』，最後是麵店介紹的菜單，應該是『麵』……咦，『稻桂紫王麵』？啊！王后也能用『后』稱呼，是『到櫃子後面』！」

「沒錯，很簡單吧？」

「如果知道邏輯就很簡單了。」

「草介，你思考的時候最好可以再深入一點。」拓海略帶訓斥意味的說。

「我知道啦！」草介老實的低下頭。

拓海和草介幼兒園時就認識了，到現在幾乎沒有吵過架。如果是平常時候的拓海，通常笑一笑就算了，但今天不一樣，拓海以連自己也沒想過的嚴厲語氣教訓草介。

「你每次都不自己動腦筋。」

「嗯……」

「之前，你就抄了我找出來的答案，這樣不好吧？」

「什麼呀！」低著頭的草芥抬起漲紅的臉開始辯解：「因為你本來就擅長解開密碼，我怎麼都想不出來，那也沒辦法！」

「你要試著從各個方向來思考。你每次都只看表面，不知變通，所以事情總是做得不夠好。」拓海也不認輸，理直氣壯說。

「每個人都有自己適合或擅長的事，你也有做不了的事吧！你或許可以馬上弄懂機關是怎麼設計的，但手腳很笨拙！」

「這我當然知道！所以我正在努力啊！」

「我知道剛剛叔叔的魔術表演失敗了，所以你心情不好。就算這樣，你找我出氣也沒用啊！」

「這和我爸爸有什麼關係！」

「沒關係嗎？」

「當然！」

不知不覺，拓海和草介開始你一言我一語的爭論了起來。

拓海確實很擅長解開機關設計，因為如此，鎮上老奶奶差點被詐欺的時候，他也有所貢獻，拓海和草介兩個人還因此被稱為「機關偵探團」。

不過，拓海手腳笨拙也是事實，為了克服這一點，他每天練習摺紙，協助製作木頭玩具的外公，但是，他的手指還是沒辦法靈巧的作業……

草介很清楚這些事，他曾經幫拓海做美勞作業，也知道拓海正在努力，只是這樣提起，連拓海爸爸的事也拿出來說……

「算了！我要和草介絕交！」

這句話差點就要從拓海嘴裡脫口而出。

這時，情緒激動的拓海和草介身後，突然傳來了一句：「Hi! Boys!」回頭一看，那裡站著一個金髮少年。

「是《密碼刑警》中的比利！」草介小聲的說。

「怎麼可能！」拓海用手肘輕輕撞了一下草介的側腹。

少年帶著滿臉笑容走近拓海他們，他的身高和拓海差不多，穿著館內使用的便衣，頭上還纏著毛巾，應該是國外來的觀光客。

「哇！你們在吵架嗎？不可以，要好好相處。」

拓海和草介驚訝的直眨眼，少年抓起他們的手，逕自讓兩人握手。

「這樣就沒問題了，重新和好。」少年很滿足的點了個頭。

「嗯……你是誰？」拓海問。

「我叫湯瑪士，從美國來的，十一歲，喜歡忍者，也很喜歡漫畫。」

這個名叫湯瑪士的少年自然的說著本地話，口音有點特別，卻非常流利。拓海雖然在學校學了英文，但沒辦法如此毫不膽怯的和其他國家的人溝通，佩服之餘，拓海向湯瑪士伸出了右手。

「我是拓海，和你同年，請多多指教。」

「我叫草介。我也很喜歡看漫畫，請多多指教。」草介也和湯瑪士握手。

「這是《碼密刑警》吧！」湯瑪士跑向攤開在桌上的漫畫。

「我超愛《碼密刑警》！」

「真的嗎？」

「真的！我每一集都有，我都是透過漫畫和動畫來學日文。」

「原來如此，你的日文真好，very good。」說著，草介對著湯瑪士豎起右手大拇指。

「謝謝！」

「不是《碼密刑警》，是《密碼刑警》。」拓海指著雜誌說。

「是密、碼……刑、警嗎？密碼刑警……我說得對嗎？」

「沒錯。」

「我學會了，非常謝謝你。」湯瑪士高興的擺出勝利手勢。

多虧這個開朗的少年，拓海和草介將剛才的口角忘得一乾二淨，他們開心的聊著自己的家人、學校，以及漫畫和動畫。

湯瑪士非常喜歡日本，這是他第四次來到這個國家。原本這次要和爸爸一起旅行，但爸爸因為工作的關係，臨時決定晚兩天出發，所以湯瑪士一個人搭飛機來到日本，預計在這裡待十天，除了東京，也會到京都和大阪走走。在東京住的地方是爸爸已經預約好的膠囊旅館[2]。這個大眾澡堂是湯瑪士非常喜歡的景點，抵達機場後直接就來到這裡。

「澡堂好舒服，露天澡堂棒極了！」

「你好厲害，可以一個人出國，真勇敢。」拓海拍拍湯瑪士的肩膀。

「這裡有很多好人，非常安全。而且我還交到兩個好朋友，不孤單。」

「朋友？」

---

2. 起源日本，是一種高密度、小空間的旅館，住客可使用空間局限於一個由塑膠或玻璃纖維製成的狹小空間，幾乎只足夠睡眠。

「對啊！拓海和草介，不是嗎？」湯瑪士用墨綠色的眼睛看著拓海與草介。

「是，我們是朋友，我們當然是朋友。」拓海和草介急忙點頭後，湯瑪士露出白色的牙齒，開心的笑了。

「哇，好舒服喔！」

一邊拿著團扇搧著風，一邊走近的人是水野風香，她通常都是綁著辮子，現在卻把頭髮盤在頭上，看起來比平常更像大人。風香最近才搬到這個小鎮，是屋形船長家的女兒，同時也是一起解決詐欺事件時，無意間組成的「機關偵探團」其中一員。

這個由拓海、草介和風香組成的機關偵探團沒有做什麼特別的事，也沒有從事任何偵探活動，不過，三人總是玩在一起。

今天，風香也和男孩們一起來到這個澡堂。不過，在女浴池和男浴池入口處分開後，風香沒有到宴會場，應該是舒暢的泡在熱水裡，盡情享受。

「叔叔的魔術表演已經結束了嗎？」

風香口中的叔叔，指的是拓海爸爸。

「早就結束了。」拓海冷冷的回答，心裡鬆了一口氣。

幸好風香泡澡的時間很長，不用看到爸爸那丟臉的樣子。

「這樣啊，真可惜……不過，這裡的熱水真棒，好幸福！」

風香把手貼在泛著粉紅色的臉頰，然後一屁股坐在椅子上。

「咦，這位是？」風香終於注意到湯瑪士，她眨了眨眼睛。

「他是湯瑪士，一個人從美國來。我們剛剛才認識，但已經變成朋友了。」

「沒錯！我，是朋友。」湯瑪士指著自己說。

「Hi, my name is Huka. Nice to meet you.」風香對著湯瑪士用英文打了招呼。

「我的名字是風香，風箏的風，香水的香。」

「風香，這個名字很好聽，非常可愛。你英文很好！」

「謝謝！可能是因為屋形船的客人大約有一半是外國人，讓我的英文也進步了。」

雖然有點害羞，但風香和湯瑪士兩人相談甚歡，接著，四個人又針對食物開始討論了起來。這時，「啊！」湯瑪士突然叫了一聲，然後躲到桌子底下。

「怎麼了？」拓海驚訝的看著桌子底下。

湯瑪士豎起食指放在自己的嘴巴前，小聲的說：「噓，剛剛有一個可疑男子。」

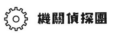

「可疑？」

「抵達機場後那個人就一直跟蹤我。他長得很高、穿著西裝，還戴著太陽眼鏡，看起來很可疑。」

被可疑的人跟蹤？難道是人口販子嗎？或者是想對小孩下手的強盜？

雖然才剛剛認識湯瑪士，但朋友就是朋友！

身為原本就居住在這裡的孩子，一定得伸出手相助。

「我去看看狀況。」拓海很快的站了起來。

「風香和草介幫忙掩護，不要讓湯瑪士被看到！」

「嗯！」、「好！」

拓海走出休息區，環顧四周，結果……

看見了！拓海馬上就發現可疑男子。

雖然人在澡堂，卻穿黑西裝配黑領帶，還戴了太陽眼鏡，那副裝扮簡直就是在告訴大家「我是間諜」。男子長得很高，身材粗壯，有著橄欖球選手般的寬厚肩膀。剪得很短的頭髮是深褐色的，五官看起來很像外國人。

男子瞪大眼睛到處張望，不斷在出入口附近大步徘徊，那樣子肯定是在尋找湯瑪士。

為什麼要跟蹤湯瑪士呢？雖然完全不知道這男的到底是誰，不管如何，必須先把湯瑪士帶到外面，不要被那個男的發現……拓海在那個男的背後瞪了一眼後，就轉身往回走，小跑步回到草介他們身邊。

第二章

黑衣男子

「我看到了！有一個高大的黑衣男，他好像在找某個人。」

拓海向大家報告後，湯瑪士舉起右手以微弱的聲音說。

「某個人？那一定就是我了。」

「湯瑪士，你知道他為什麼要跟蹤你嗎？」風香溫柔的問。

「我不知道，我不認識他。」湯瑪士不斷在胸前揮動雙手。

「我知道了！」草介突然拍了一下手：「其實，湯瑪士是個王子，他們想要抓你作為人質來要求贖金，對嗎？」

「我不是王子。」湯瑪士一口否定草介的說法。

拓海嘆了一口氣：「那是漫畫裡才有的故事吧？總之，我們現在要趕快幫助湯瑪士逃離這裡才對。」

「要怎麼做呢？」風香問。

「嗯……」

想了一會兒之後，拓海點了個頭：「就這麼辦吧！」

拓海想出的營救湯瑪士大作戰如下：首先，以草介和風香作為誘餌，引開男子的視線，然後，拓海趁機去拜託爸爸，偷偷帶著湯瑪士從後門離開。

「如果順利逃出去，我就帶著湯瑪士回福屋柑仔店。」

那是拓海媽媽經營的柑仔店，從澡堂抄近路跑過去，大概只需要十分鐘就到了。

「你們要纏著那個男的，儘量拖延時間。」

「放心，交給我們。」風香和草介各自拍了拍自己的胸脯。

「好，開始行動！」

黑衣男子在公共澡堂的櫃臺，他果然在出口附近徘徊。

湯瑪士已經換好自己的衣服、背上包包，在拓海爸爸的休息室伺機而動。拓海代替湯瑪士快速結帳，草介和風香則坐在櫃臺旁的沙發上，盯著黑衣男的一舉一動。

離開櫃臺時，拓海悄悄對沙發上的兩人使了個眼色，風香眨眼回應，草介則對拓海比了一個沒問題的手勢。

接下來，拓海跑到湯瑪士所在的休息室，帶著湯瑪士逃跑。雖然是突然想到的計畫，還是讓湯瑪士順利擺脫奇怪的黑衣男子，他們從拓海爸爸幫忙打開的後門離開澡堂，一起來到福屋柑仔店。

柑仔店內沒有半個客人，拓海和湯瑪士跑到店裡時，拓海的媽媽和店貓阿九都快睡著了。

「你回來啦……咦，你朋友嗎？」

「剛剛在澡堂認識的。」

「您好，是拓海的媽媽嗎？我是湯瑪士，今天剛從美國來到日本。」

在澡堂換上自己衣服的湯瑪士，看起來非常時髦，他穿了一件胸前寫了個大大「忍」字的亮黃色T恤，搭配鮮紅色的棉質長褲，粉紅色的背包上，則吊著動畫角色的吊飾。

「你日文講得真好，剛剛搬到附近嗎？」

「我是來觀光的，我很喜歡這裡。這是柑仔店吧？真有意思，在動畫中也會看到這樣的商店，小孩手裡握著錢來買零食。」

「哈哈，沒錯。我們的店很小，請慢慢參觀。」媽媽和藹的笑著，一邊拿兩瓶彈珠汽水給拓海。

「汽水喝完後，要麻煩你幫忙看店。」

「什麼？」

「草介和風香也會來對吧？我做了很多飯糰，你們可以一起當點心吃。」

「那我去買東西了。」說完，媽媽就把柑仔店交給拓海，匆忙出門去了。

阿九「喵」的叫了一聲，溜到湯瑪士腳邊，牠的額頭上有著看似數字「2」和「9」的花紋，所以取名為阿九。湯瑪士摸著阿九的頭，他擔心的說：「草介和風香不會有事吧？」

「應該吧……」

風香的反應非常快，也很聰明；草介雖然有時很莽撞，但腦筋很靈活，或許是因為草介從小就在家族經營的天井店裡幫忙，他很知道如何與大人對話，比拓海更加機靈。拓海相信，如果是他們兩人，一定可以順利達成任務。

剛剛和草介吵架，雖然心情煩躁到了極點，但拓海的確說得太過分了，如草介所說，就算因為爸爸的失敗很丟臉，也不能把情緒發洩在草介身上，這樣心胸實在太狹窄了。

等一下要向他道歉嗎？該怎麼做好呢……

湯瑪士好奇的在店裡逛著，正當拓海還在想著上午發生的事時，草介和風香已經衝到店裡。

「哇！順利嗎？」

風香和草介一起對著跑過來的湯瑪士比了一個勝利的手勢。

「非常順利！」

風香娓娓道出她與草介是如何拖住黑衣男的過程。

首先，風香以想練習英文，所以想與黑衣男聊天為藉口，向黑衣男攀談，他們聊了黑衣男的出身地與來日本的目的，藉此將黑衣男留在現場，這時，草介再拿著在商店買的牛奶，搖搖晃晃的走了過來，並假裝在男子身後跌倒，把牛奶倒在男子身上。這時，風香急忙脫下男子的西裝，一邊叫道：「我現在就幫您擦乾淨！」一邊把外套拿到女子更衣室。過了一會兒，再把弄乾淨的西裝還給男子，任務就完成了。

大致來說還算順利，男子有三十分鐘的時間都沒辦法移動，湯瑪士和拓海則趁著那段時間從容的來到福屋柑仔店。

聽完風香的描述後，湯瑪士喊著：「太厲害了，非常成功！」

他依序和風香與草介擁抱，似乎非常感動。拓海的心情和湯瑪士一樣，他也上前擁抱兩人，歡慶任務順利完成。不過，因為之前這三人沒有互相擁抱過，所以都有些尷尬。

「咳！」拓海乾咳了一聲後走向店門口。

「應該沒有被那個人跟蹤吧？」拓海透過門簾，仔細盯著外面，一邊詢問草介。

「我確認過了，沒有留下任何破綻。」草介用力點了個頭。

「可是，那個人……」說著，風香一邊打開拓海給他的彈珠汽水，她的頭髮又回到原本的辮子造型，沒有盤起來。

「那個人？」拓海說。

「嗯，那個黑衣人說話的時候，感覺和平常人沒什麼兩樣。」

「你說平常人是什麼意思？」

「我的意思是，他看起來不像是做了壞事，或是要欺騙別人的樣子。我找他說話時，他雖然露出困擾的表情，但每個問題都回答得很清楚。他來自美國紐約，在科技公司工作。目前，在東京分公司上班，已經在日本住了兩年。」

「真的嗎？」

和拓海之前想像的完全不同，那一身黑的裝扮，看起來就像是黑手黨或間諜。

「那一定是騙人的，他怎麼可能說真話。」草介一口咬定，然後喝了一大口彈珠汽水。

「湯瑪士不認識那個人對吧？」拓海說。

「對，沒見過，不認識。」

草介疑惑的說：「之前，在漫畫《密碼刑警》中，不是有一個故事嗎？比利擁有非常昂貴的筆，引起怪盜的注意，後來，他就把想盜取那隻筆的怪盜抓了起來。就如同那個故事一樣，湯瑪士擁有寶物，那個黑衣男就是為了那寶物而來的？這樣，你有沒有想起什麼？」

「嗯……」針對草介的問題，湯瑪士雙手抱胸的沉思。

「我不知道這算不算寶物，不過……」說著，湯瑪士從背包拿出一個東西。

放在湯瑪士手掌上的是一個以銀色金屬做成的扁平圓形物體，「喀嚓」一聲的鬆開卡榫後，裡面是白底寫上黑色數字的錶盤和指針，那是個附有蓋子的舊懷錶，蓋子上刻著櫻花的圖案，散發出一股古典又豪華的氣息。

「這是我曾祖父的遺物。」湯瑪士用手輕輕撫摸著那塊懷錶的錶盤。

「這是一個古董懷錶，好漂亮！」風香隔著湯瑪士的肩膀看著懷錶，又說：「現在這種東西很受歡迎，不是還有收藏家嗎？」

「真的嗎？」拓海和草介同時開口，兩人互看了一眼。

「那個男人是為了這個懷錶而跟蹤湯瑪士嗎？」

針對拓海的疑問，湯瑪士露出疑惑的表情。

「除了這個，我想不到還有什麼東西……可是，沒有人知道我把它帶到日本來。」

「這個懷錶一定很值錢。」草介說。

「我不知道它實際的價值，不過，這是請英國的知名懷錶師傳特別製作的，曾祖父的日記中寫了，全世界只有兩只。」

「全世界只有兩只！」

光這一點應該就很有價值了，拓海三人都深吸了一口氣。

風香馬上顯露出疑惑的表情：「可是，為什麼要把這麼重要的東西帶出國呢？」

「其實，這次旅行不只是為了觀光，我真正的目的和這只懷錶有關……」

「真正的目的？」

「是的，我來日本的理由是……」

湯瑪士開始慢慢說出這個故事，湯瑪士的曾祖父名叫約翰，某天，湯瑪士在書庫後方發現約翰的日記，他沒有多想就開始讀了起來，透過日記，他發現曾祖父其實和日本有很深的淵源。

那是大約距今一百年前的事……

約翰年輕時，擔任電力技師的他受日本企業之邀，獨自來到日本傳授最新技術。

因為工作不是太忙，熱愛電影和日本戲劇的約翰，經常前往淺草，那裡曾因為大地震瞬間被燒成平地，在約翰造訪時已經澈底恢復，成了數一數二的娛樂城。

當時他認識了一名開照相館、姓緒方的男子，緒方非常熱情，幾乎把約翰當成自己的家人，因陌生的海外生活而倍感困擾的約翰，很自然接受緒方的照顧。

意氣相投的兩人會一起去泡溫泉、一起打高爾夫、一起滑雪，偶爾也會在高級餐廳享受美食，甚至一同爬過三次富士山。

就這樣過了五年，在日本的生活轉眼即將結束，回國的時間就快到了，在回國前一天，約翰將特別訂做的懷錶送給緒方作為禮物。

約翰拜託英國的懷錶師傅打造兩只一模一樣的懷錶，懷錶是銀製的，上蓋刻了櫻花浮雕，一只送給緒方，另外一只則放在約翰自己身邊。

離開日本前一天，約翰在日記中寫著「但願有一天，緒方的子孫和我的子孫能分別拿著各自的錶，帶著笑容握手」。

想到曾祖父竟然將這樣的希望寄託在尚未見面的子孫身上，便可知約翰和緒方友情的深厚。

湯瑪士從未見過、也沒聽過曾祖父約翰珍藏的這只懷錶，他詢問爸爸和叔叔，大家都說不知道。湯瑪士的爺爺已經去世，他打電話問住在遙遠小鎮的奶奶，得知爺爺一直很珍惜的錶，現在就在奶奶家裡。奶奶說，如果湯瑪士能夠好好珍惜這只錶，可以將錶轉送給他。沒多久，懷錶就送來了。

於是現在，約翰的錶就到了湯瑪士手上。

「所以，我就是為了尋找擁有同一只懷錶的緒方先生子孫，而到日本來。我希望能像曾祖父日記裡寫的一樣，和緒方先生的子孫握手，讓友情傳承。我要利用爸爸來日本前的這兩天，尋找緒方先生。」說完，湯瑪士一口氣喝光已經不再冰涼的彈珠汽水。

本以為他只是個喜歡日本的少年，沒想到他懷抱著實現已逝曾祖父願望這個重要使命，從遙遠的美國來到日本，這或許可稱得上是個超越時空的浪漫故事，拓海非常感動，他輪番看著湯瑪士和那只懷錶。

「曾祖父回國十年後就生病去世了，因為當時在戰爭期間，沒能連絡上緒方先生就上了天堂。」

「原來是這樣……」

美國和日本在戰時是敵對國家，所以無法通信。湯瑪士的曾祖父，應該是想等到戰爭結束，再與緒方先生見面。

「只有湯瑪士知道那只懷錶被帶來日本嗎？」草介問。

「是的。啊！爸爸知道我把懷錶帶來了。不過，我爸爸對曾祖父的懷錶完全不感興趣，他來日本旅遊的目的好像是……『求原葉』。」

「『求原葉』？」拓海愣了一下。

一時之間不知道那個發音是什麼意思，但後來他馬上就想到了，並且把它說了出來：「啊！是秋葉原！」

「對！爸爸很喜歡秋葉原，這次他想買『星際爭霸戰』的限量版模型。」

「模型啊……」

「如果只有湯瑪士爸爸知道這件事，那個黑衣男的目標是湯瑪士的懷錶，這個假設就不成立了……」草介雙手抱胸說。

「說得也是。」

「可以讓我看看嗎？」拓海說。

「請看。」湯瑪士把懷錶交給拓海。

懷錶的觸感非常冰涼光滑，之所以會比外表看起來沉重，應該是純銀打造的關係，上蓋的雕刻相當細緻精美，錶面的數字是手寫的，有一股特別的韻味。

懷錶背面也有一個蓋子，得到湯瑪士的同意後，拓海試著打開蓋子。裡頭約有一半的面積都被金屬板蓋住，沒有蓋住的部分，可以看到好幾個齒輪和很細的發條緊密的被組合起來。

「這個懷錶現在還會走。」湯瑪士驕傲的說，接著他旋轉懷錶頭部的龍頭，核對時間，結果懷錶內部的機關開始動了起來。

好厲害！在小小的懷錶內，放了一個更小的細緻機關！

拓海揉了揉眼睛，專注凝視懷錶的內部，隨著帶有棒子的圓環「滴答滴答」的規律轉動、纖細的發條不停伸縮，而旁邊的齒輪也一樣跟著轉動。

因為齒輪的轉動，秒針在連動下正確的刻畫時間，那些太過複雜的運作原理，拓海雖不盡然都懂，但他還是非常感動，一直注視著懷錶機關的運轉。

這時，從一旁看著懷錶的草介大叫：「咦！這什麼東西？」

「怎麼回事？」拓海問。

「你看，這是什麼？」草介指著懷錶說。

「是懷錶。」

「哎呀！我知道是懷錶，我是說齒輪上面！」

「嗯？齒輪上面？」

拓海照草介說的，再次仔細看了看，齒輪上面的金屬板有道宛如刮傷的細微痕跡……

不，這不是刮傷，這是文字！上面刻了幾個字！

「這是字？」拓海問。

「為什麼會寫在這裡呢？」草介說。

這時，湯瑪士就只是待在一旁微微笑著。

「什麼？哪裡？」風香從拓海手上接下懷錶後，把視線移向金屬板。

「上面好像寫著『一志青霄一志長，身沒詩名萬古在。』這是什麼意思？湯瑪士知道有這些文字嗎？」

「我知道，你們知道林肯嗎？」

湯瑪士曾祖父懷錶內的文字

「什麼？林肯？」

被湯瑪士這突然一問，拓海等人就只是瞪大了眼睛發楞，一臉疑惑。

「林肯是以前的美國總統，他是歷代總統中最受歡迎的一位。經過一百五十年後，大家發現林肯總統的懷錶內藏有祕密文字，那些文字是修理懷錶的師父偷偷刻上的，內容主要是對總統的讚美。據說，愛用懷錶的林肯大概也不知道自己懷錶內有那些文字。我覺得曾祖父的懷錶內或許也藏了祕密，所以打開背蓋來看，結果嚇了一跳，裡面真的有刻文字。我用字典查了這些句子，也上網查過，但還是不知道裡面是什麼意思，它們這是神祕的碼密……不對，是密碼。」

「好厲害，這不是漫畫，是真正的密碼！」草介驚訝的說。

「也就是說……」拓海耍帥的用手撐住下巴，宛如沉思中的偵探。「另外那個懷錶很可能也像這樣刻上了文字。」

「嗯，沒錯。緒方先生的懷錶也一樣寫上了文字，將兩邊的文字合起來，不就可以解開密碼了？」草介拍了下手。

「是的，我也這麼想。」湯瑪士輕輕舉起一隻手。「我想解開密碼，也想完成曾祖父的夢想。所以，必須尋找緒方先生。」

「你該不會知道緒方先生的地址吧？」拓海問。

「不知道。不過，緒方先生是淺草仲見世一家照相館的老闆，這件事我很確定，我做了很多調查，只是，現在那裡已經沒有緒方照相館了……」

仲間世是江戶時代就有的商店街，街上有土產店、點心店、女性用品店、藝品店，從雷門[3]綿延到淺草寺的長長參道兩側，

3. 日本淺草寺的入口門，左面是風神像，右面是雷神像，正式名稱為「風雷神門」，通稱為「雷門」。

有著密密麻麻的商店，是瀰漫著江戶風情的知名觀光景點。這裡有許多來自國內外的觀光客，非常熱鬧。人形燒、爆米花、吉備麻糬，手工烤仙貝、炸饅頭、燈籠酥皮冰淇淋等等，仲見世的人氣美食多不勝數。

其中有些老店是從江戶時代傳承下來的，但也有些店在關東大地震或戰爭時被大火吞噬，現在已經不在了。

「因為已經是一百年前的事了……」草介將脖子左右轉動，發出「咯啦咯啦」的聲音。

「那時還有戰爭，那個叫緒方的人早就已經去世了，子孫也不見得還住在這個原本的地方。」

風香點點頭說：「湯瑪士，要在幾天之內找到人，或許有點困難。」

「等等，你們要放棄了嗎？」

拓海直盯著草介和風香的臉，但兩人也只是聳聳肩。

「沒關係，我還有一個線索。我曾經上網用『緒方照相館』這幾個字來搜尋，發現淺草地下街有一家店也叫這個名字，我想去那裡問問看。」

「原來如此，我來搜尋看看。」

拓海打開了櫃臺上的電腦開始打字。

「緒方照相館……哇！出現好多筆資料，全國各地都有相同名字的商店。如果再加上地名……」

按下enter鍵後沒多久，跑出了一筆符合條件的資料。

電腦畫面中出現的是介紹「內行人才知的淺草景點」讀者投稿，標題是「日本歷史最悠久的地下商店街」。文章中刊載著地下街的模樣和各家店鋪的照片，同時還寫了這商店街是一九五五年開設的。

拓海也知道這條商店街，它就在車站前，大約有二十家左右的商店雜亂的擠在一起，是一條極為陳舊、擁擠的商店街。

而在這篇報導角落的照片中，可以看到掛著「緒方照相館」招牌的店家，在招牌上，除了店名，還寫著「創業於一九二〇年」。

「湯瑪士的曾祖父是哪一年到日本的？」草介看著電腦螢幕畫面問。

「將近一百年前，大概是一九三〇年左右。」

一百年前，大約是日本大正時期尾聲到昭和初期之間。如果約翰和好友緒方先生還活著，應該會超過一百二十歲，現在肯定是已經去世了。

地下街是一九五五年興建完成的，有可能是緒方先生原本位於仲見世的照相館搬遷到這裡，由子孫繼續經營。或者，也可能是一家剛好有相同店名，與緒方先生完全無關的店。

如果很幸運的發現，那真的是緒方先生子孫經營的照相館，或許就可以知道懷錶的下落，這麼一想，還是很有機會！

「我們現在就去地下街確認一下！」拓海幹勁十足的說。

但草介指著小貓阿九：「去是可以去，但誰來看店呢？難道要交給阿九嗎？」

也是，如果把店關了出門去，媽媽不知道要囉唆些什麼……

阿九只是貓店長，沒辦法讓牠自己看店。雖然可以讓湯瑪士他們去，留拓海一個人看店，但拓海也想和大家一起前往，確認那間「緒方照相館」是否就是他們尋找的照相館。

「而且，我肚子餓了。」說著，草介摸摸自己的肚子。

湯瑪士和風香也點點頭，同樣把手貼在肚子上。

現在已經快要中午十二點了，或許是因為在澡堂泡了澡、流了些汗，拓海的肚子也開始大聲「咕嚕咕嚕」叫了。

總之，先來填飽肚子，大家一起大口吃著拓海媽媽親手做的飯糰、炸雞和醃蘿蔔。

「好好吃！我最喜歡吃便利商店的飯糰了，也經常在日本機場或車站買飯糰，可是這個更好吃！」湯瑪士非常感動，一轉眼就吃掉了四個飯糰。

填飽肚子後，正當要喝口麥茶潤潤喉嚨時，拓海的爸爸隨著一聲招呼回來了，他穿著牛仔褲搭配印上和平符號的T恤，外表看起來與年輕人沒什麼兩樣，但他總是沒精打采的，感覺缺乏雄心壯志。

「太好了！爸，你回來啦！」

拓海看到爸爸，眼睛突然亮了起來，剛才的魔術表演雖然讓人無法接受，但回家的時機剛剛好。

「大家都在啊！剛剛那位美國少年也和你們在一起吧？忍者遊戲好玩嗎？」爸爸一邊對著風香、草介打招呼，一邊和湯瑪士說話。

從澡堂逃出來時，拓海找了一個莫名其妙的藉口：「剛剛認識的美國小孩正在玩忍者遊戲，想試試神隱[4]。」藉故拜託爸爸

4. 來自日本的民間說法，意思是「神怪隱藏起來」，說人類可能被妖怪、鬼魅誘拐、擄掠，或受到招待，而行蹤不明。

讓他們從後門出去，拓海的爸爸似乎不覺得這個要求有什麼詭異的地方，很乾脆的就答應了。

現在，爸爸應該也會答應幫忙看店，實在太感謝爸爸了！

這麼一來，就可以毫無顧慮的出門去。

「那我們走吧！」拓海抬起下巴，作勢催促大家出門。

「等一下！」風香喊住拓海。

「什麼事？」拓海說。

「這身裝扮出去，也太醒目了吧！」風香指著湯瑪士。

拓海從頭到腳仔細打量湯瑪士的模樣，的確，除了金色的頭髮，黃色的「忍」字T恤和紅色長褲也非常引人注目。

雖然不知道那個黑衣男的目的，但他一定是在尋找湯瑪士，如果以這身裝扮出現在小鎮上，應該很快就會被發現。

拓海點點頭後爬上二樓，柑仔店二樓是拓海外公的工作坊，外公是個製作木頭玩具的木匠。

瀰漫木頭香氣的工作坊空無一人，拓海拿了掛在衣架上的黑色帽子和灰色雨衣，又從桌上拿了一個白色口罩，然後，對著空房間說了句「外公，我借用一下」，便走下樓了。

外公的帽子和雨衣對湯瑪士來說太大了，穿起來鬆垮垮的，不過，應該比原本的裝扮好得多，替百般不願的湯瑪士戴上口罩後，變裝就完成了。

「爸爸，我們要出去一下，麻煩你幫忙看店。」拓海把懶洋洋躺在櫃臺上的小貓阿九抱起來，往爸爸的胸前塞過去。

「不陪我喝杯茶嗎？店裡只有我一個人，很孤單呢！」爸爸看著拓海。

「有阿九陪你，拜託囉！」無情的丟下這句話後，拓海便匆忙出門了。

「打擾了。下次再來！叔叔再見！」風香、草介、湯瑪士也和拓海離開福屋柑仔店。

他們的目的地就是站前地下商店街。

緒方先生會在那裡嗎？可以找到懷錶嗎？可以解開密碼嗎？

只能到那裡直接打聽看看了！

四人開始朝著車站前跑去。

第三章

地下街迷宮

這裡是淺草的地下商店街，走下狹窄陰暗的樓梯，來到地下樓層之後，空氣中瀰漫著一股不可思議的氣氛，那是一個充滿古早味的懷舊空間。

狹窄的通道上，雜亂擺著各家商店的招牌和旗子，如果走路時四處張望，有可能會被絆倒或摔跤。此外，或許是因為天花板很低，這裡有一種奇特的壓迫感，天花板上密密麻麻的布滿了各種不同大小、錯綜複雜的管線，感覺就像潛入到一個祕密的地下工廠。

地下商店街連結到地下鐵車站，有幾個出入口，這裡有理髮店、居酒屋、立食[5]蕎麥麵店、按摩店、異國料理餐廳、占卜店，以及寄物櫃。營業中的商店展現出各自的活力，也有幾家店拉下了鐵門，不知是因為只有晚上才開店，還是已經結束營業。

拓海等人在這個不算寬敞的地下街，不斷繞了一圈又一圈，在同一家商店前幾度來回，在店家員工眼中，他們大概只是四個乳臭未乾的小學生。

5. 為了無法花太多時間用餐的需求而誕生的日式飲食文化，指沒有座位、只提供站位，訴求快速實惠的餐廳型態。

他們就這樣走了十五分鐘，沒有任何人好奇的來盤問他們，也找不到「緒方照相館」。

「好奇怪，我以為很快就會找到……」草介停下腳步。

「網路上明明有照片。」風香說。

「可是這條地下街真酷，逛起來很涼爽，店家種類又豐富。」

湯瑪士左右轉動著戴著大帽子的頭，窺探每一家店。

「我去問問看，你們等一下吧！」拓海轉過身背對大家，然後走進前方的一家西式餐館。

那家餐館只有吧檯座位，裡頭沒有半個客人，正在洗碗的應

該是這家店的廚師，他身穿白衣、頭戴廚師帽，用力的刷著平底鍋，這個人皮膚稍黑、表情嚴肅，也有點年紀，拓海一時不知道該如何與他說話。

「不好意思……」拓海鼓起勇氣開口，很意外的，那位廚師帶著親切的笑容轉頭看向拓海。

「歡迎光臨。空的位子都可以坐，小弟弟，你一個人嗎？」

「我不是來吃午餐的。嗯……請問在這個地下街，有一家叫『緒方照相館』的店嗎？」

「之前有，但大概一個月前就關門了。」

「關門了？」

「因為老闆緒方先生突然去世。」

「真的嗎！」

「是呀！有貌似緒方先生親戚的人來幫忙收拾店面，你有請他們洗照片或拍照嗎？」

「沒有，只是有事想請教緒方先生，不過，如果他已經去世就沒辦法了。對了，請問您知道那位親戚的聯絡方式嗎？」

「這我就不知道了。」

「我想也是。不好意思，打擾您了，非常感謝。」

拓海離開餐館，將剛剛問到的訊息告訴湯瑪士，大家都覺得非常氣餒。

「這樣就沒辦法知道懷錶的下落了……」草介皺著眉頭。

「也不能解開密碼了。」風香也懊惱的垮著一張臉。

可是，最失望的還是湯瑪士。

「如果沒辦法找到緒方先生，就不能實現曾祖父的願望了。像這種時候，該怎麼說呢？是一籌莫展嗎？」

「嗯，類似那種感覺。」說著，拓海安慰般的把手搭在湯瑪士肩上。

此時，通道前方隱約出現一個黑色人影……是那個黑衣男！

在某個瞬間，黑衣男似乎看到這裡，但好像沒有發現他們，他在通道中向右轉，馬上就不見人影。

「湯瑪士，是那個人，穿了一身黑的男子。」

「真的嗎？」

「湯瑪士已經變裝，應該不會馬上被認出來吧？」草介說。

「可是，他為什麼知道湯瑪士在這個地下街？」風香問。

「可能是碰巧來到這裡，我們還是趕快離開吧！那邊的樓梯可以通到外面！」

拓海一邊向自己身後的湯瑪士等人招手，一邊快步朝著與黑衣男相反的方向走去。

就在那個時候，拓海和迎面走來的人撞了個正著。

「好痛！」拓海用手押著頭，一邊把臉抬起來……

眼前這個穿著灰色西裝的高個兒男子，竟然是羽根岡！

羽根岡就是幫拓海他們取名為「機關偵探團」的那個人，他是位年輕的美術工藝評論家，非常了解傳統工藝、傳統玩具和機關設計，之前遇到詐欺事件時，也教了他們很多知識。

「哎呀，是你們啊！」羽根岡一如往常的帶著親切笑容。

「抱歉，是我沒有注意看前面，您還好嗎？」說著，拓海向羽根岡鞠了個躬。

「怎麼了？大家都在，發生了什麼事件嗎？」

羽根岡就像是期待的孩子一樣，興沖沖的問著拓海。

「不知該說它是事件還是……」拓海不知該如何回答。

這時羽根岡看到了湯瑪士，他開口對湯瑪士說：「你是『機關偵探團』的新成員嗎？」

「機關什麼？我是湯瑪士，來自美國，和拓海、草介與風香是剛認識的朋友。」

風香帶著笑容對羽根岡說：「謝謝您之前打電話來包租整艘屋形船。」

「我是宴會的主辦人，正覺得苦惱，能租下屋形船讓我非常安心。」

風香滿臉笑容的和羽根岡聊了起來，這時，在她身後的拓海作勢假咳了一聲。

現在可不是閒聊的時候。

草介想的和拓海一樣，他輕輕點個頭，向羽根岡說：「那我們先走了，再見。」

就在草介說完，打算離去時，「啊！」他瞪大眼睛叫了一聲後，便轉過身將湯瑪士壓在牆上。

拓海往草介剛才的視線方向看去，發現一個高個兒男子正往著這裡走來，又是那個黑衣男！

男子朝著羽根岡和風香看去，或許是因為髮型不同，他似乎沒有認出風香就是剛剛在澡堂找他說話的女孩，也沒有發現被壓在草介身體下的湯瑪士，就只是匆匆走過。

這次應該是運氣好，才沒被發現，但照這樣下去，就算離開地下街也很快就會被找到，到底該怎麼辦才好……

「怎麼了？」看到草介不自然的舉動，羽根岡詢問拓海。

「嗯……那個……」

風香搶在欲言又止的拓海前，和羽根岡說：「羽根岡先生，剛剛那個黑衣男正在跟蹤湯瑪士。」

「跟蹤？」

拓海把湯瑪士抵達日本之後，就被不認識的男子跟蹤這件事，簡單的和皺著眉頭的羽根岡做了說明。

「嗯，原來如此。」羽根岡聽著拓海的說明，一邊點頭。然後，他向拓海他們招了招手：「不是很清楚發生了什麼事，但你們還是先跟我來吧！」

黑衣男還在這個地下街裡，拓海等人屏住氣息，開始跟著羽根岡走。

「到了，就是這裡。」

羽根岡在地下街角落一間拉下鐵門的店鋪前停下腳步，這家店的門口，大概就只有拓海將雙手張開到極限這麼寬。

羽根岡從口袋掏出銀色的鑰匙，蹲下來把它插進鐵捲門的鑰匙孔，再「喀啦喀啦」的把鐵捲門往上推。

鐵捲門大約開了一半後，羽根岡將拓海四人往店裡推，然後自己也進到屋裡，又快速把鐵捲門關上。

鐵捲門裡一片漆黑。

「拓海！」有人尖聲叫著拓海的名字，是草介，他非常怕黑。

「不要怕，我在這裡。」拓海摸索了一陣，找到草介的手，他緊緊握著草介。

這時，他們聽到「喀嚓」一聲，日光燈突然亮了，羽根岡打開了電燈的開關。

「這裡應該沒有人會發現，暫時先躲在這裡吧！」羽根岡說完，就掀開一片黑色門簾，往裡頭走去。

「這裡是？」拓海在房間裡四處張望。

這是一個約四、五坪大的狹長空間，寬度雖然很窄，但長度很深。進門後馬上可以看到一個木製櫃臺，右手邊有幾張木頭三角凳。在櫃臺後方，有一張木製的桌子，以及一字排開的四個不鏽鋼架，不過，架上空無一物，桌上也什麼都沒有。牆壁原本應該是白色的，但現在整體變得有帶灰，可能是因為曾經撕掉海報或什麼東西，到處都是膠帶的痕跡。

拓海、草介和風香在櫃臺前東張西望，獨自快步走進櫃臺後方的湯瑪士這時突然驚呼一聲。

「啊！各位，快來這邊！」湯瑪士向拓海他們招手。

「怎麼了？」

拓海三人來到湯瑪士旁邊，只見湯瑪士指著書桌旁邊，彷彿受到驚嚇似的，嘴巴彷彿說話似的一開一闔，卻沒發出任何聲音。

靠在書桌旁的是一塊招牌，底部塗了白色油漆，上頭用黑字寫著「緒方照相館　創於一九二〇年　攝影・沖洗照片」。

和拓海在網路上看到的一模一樣！

「我會讀這些字，這是緒方照相館！緒方先生的店！」湯瑪士興奮的說。

「可是，這裡什麼都沒了，只剩下一個空房子。」草介說。

「大概是因為已經停業，所以東西都收走了。」風香用手指延著招牌上的文字撫摸。

只是，為什麼羽根岡有這個鐵捲門的鑰匙呢？

拓海一邊思索，一邊往羽根岡走進的門簾那頭張望，這時裡頭傳來了一陣東西掉落的聲響。

羽根岡先生到底在做什麼？

拓海和草介站在門簾前，兩人對看了一眼，這時裡頭的聲音還持續著。

「羽根岡先生？」拓海叫喚著，同時往窗簾內窺探。

那是個約一坪大的小房間，牆邊有個小小的流理臺和作業臺，臺上放著淺平的四方形不鏽鋼容器和鑷子。大約有十張照片用洗衣夾夾掛在吊於牆面的繩子上，這個空間似乎是這家照相館的暗房。

羽根岡蹲在作業臺下不知道在忙什麼，口中說著「哎呀，拿不下來」。

「您還好嗎？」拓海走到羽根岡旁邊。

「您在做什麼？」草芥也蹲在羽根岡身邊。

作業臺旁有一個黑色箱子，羽根岡似乎是想移動它。

箱子的高度大約到拓海的大腿，看起來像是一個小型陳列櫃，兩邊對開的門上有著金色把手，把手旁邊有一個鑰匙孔。

「這個……該不會是保險箱吧？」拓海瞪大了眼睛說。

「沒錯，就是保險箱。羽根岡先生是想要偷東西嗎？」草介對著拓海竊竊私語。

聽到草介說的話，羽根岡抬起頭來，聳了一下肩膀：「不要講得那麼難聽。」

「那你在做什麼？」草介繃著臉問。

「你看起來就像是一個正在撬開保險箱的小偷。」

「我是受這個保險箱主人之託，才來幫忙的。」羽根岡困擾的說，隨後，他又拿著螺絲起子，繼續在保險箱四周進行作業。

仔細一看，黑色保險箱被合頁鉸鍊[6]釘在牆上，而羽根岡正用螺絲起子鬆開合頁鉸鍊的螺絲。

草介看著羽根岡的手說：「你們看，果然是保險箱小偷。」

這時，鐵捲門發出「喀啦喀啦」的聲響，又傳來一句女子的聲音：「不好意思，我遲到了。」

她是誰？

拓海和草介從門簾後探頭看去，發現那是個年輕女孩，女孩穿著白色罩衫配上淺藍色裙子，頭髮全部往後梳成一束馬尾，瀏海下方是一雙水汪汪的大眼睛，感覺就像是一朵被送進簡陋空屋的鮮豔花朵。

女子眨了眨她的大眼睛，輪番看著櫃臺內的風香和湯瑪士。

拓海和草介只是呆呆的站著，羽根岡慢慢向女子走去打招呼：「你好，緒方。」

6. 用來連接兩個固體，使兩者之間可做轉動的機械裝置，常見於門窗的安裝上。

緒方！這個人莫非是「緒方照相館」的後代？

拓海和草介兩人交換眼神、點了點頭後便掀開門簾，往風香和湯瑪士身邊跑去。

「這些孩子是？」

「是我之前認識的孩子，因為發生了一些事，所以才一起來到這裡，應該沒關係吧？」

「原來如此，沒關係。」女子對著拓海他們笑了笑。

緒方麻衣子是大學三年級的學生，而羽根岡則在她就讀的大學擔任講師。

「請問，保險箱打開了嗎？」

「還沒有，等一下就要開了，現在要把它搬到桌上。拓海、草介，可以幫忙嗎？」

保險箱比想像中來得輕，本來以為它是被漆成黑色的金屬材質，沒想到是木製的。經歷歲月淬鍊而布滿灰塵的箱體表面，在羽根岡擦拭之後，呈現出透著耀眼光澤的木紋，彷彿塗了上等的漆一般。

整個保險箱都刻了傳統花樣，金色的把手上，依舊有著彷彿在嘶吼的獅子頭像，門上的鑰匙孔形狀宛如消瘦的晴天娃娃，另外還有附帶把柄的旋轉式轉盤，轉盤上刻著細小的刻度和數字。如果不把鑰匙插進去，並在轉盤上轉出正確數字，就沒辦法打開。

「事實上，我有同款保險箱的鑰匙，可以打開這個保險箱。」

羽根岡從口袋拿出一把和手掌一樣大的大鑰匙。

「啊！那把鑰匙……」拓海驚訝的叫了出來，那是之前羽根岡試圖藏起來的鑰匙。

「這個保險箱非常珍貴，它是半次郎先生的師父打造的。」

「半次郎先生的……」

半次郎先生是擅於日本傳統工藝的木匠師傅，可以不用釘子，只使用木頭做出各種家具與木製玩意兒。雖然半次郎先生已經去世了，但拓海等人之前曾經欣賞過這位手藝精巧的師傅所打造出的作品。

「我在整理半次郎先生的遺物時，發現這把鑰匙，便把它收了起來。這個保險箱堪稱是個夢幻保險箱，發現這把鑰匙時，我真的非常興奮，光是鑰匙就十足珍貴……」

「原來是這樣，所以……」拓海恍然大悟的點點頭。

所以拓海上次造訪半次郎先生家時，羽根岡似乎在藏什麼東西，原來就是在藏這把鑰匙。

「能不能順利插進去呢？」羽根岡說著，並把鑰匙輕輕插進鑰匙孔。

結果，鑰匙非常順利的插入孔中，完全符合！

「再來是轉盤，如果四個數字沒有全對就打不開。」羽根岡把耳朵貼在保險箱上，開始專心的轉動轉盤。

在這段期間，湯瑪士不時看向麻衣子，他似乎想與麻衣子說些什麼，卻又滿臉通紅，說不出話來。

「麻衣子小姐，請問您是這家照相館的人嗎？」見此情形，拓海代替湯瑪士詢問麻衣子。

「是，這家照相館是我父親經營的，上個月他因為生病突然去世……雖然很難過必須停止營業，但我完全不懂攝影，也沒有辦法繼承，而且，這家店本來就一直處於賠錢狀態。」

「原來如此。」

「因此，我請認識的照相館接收照相機和其他器材，就只有這個保險箱，我怎麼也打不開。」

湯瑪士的心情終於恢復平靜，他深深吸了一口氣後，下定決心似的對麻衣子說：「麻衣子小姐，我是湯瑪士，請問這家照相館是不是一直都在這裡？」

「一直？不，我聽說原先在仲見世，是這條地下街興建完成後才搬過來的。」

「哇！仲見世！」或許是太興奮，湯瑪士用手拍著桌子。湯瑪士正在尋找的「緒方照相館」本來也在仲見世。果然，他們沒找錯家「緒方照相館」。

「這個保險箱非常老舊，請問是從什麼時候有這個東西？」風香接著詢問。

「是什麼時候……我小時候經常在暗房玩耍，那時應該就有了。不過，爸爸因為沒有鑰匙，所以從來沒有打開過，我們都笑說裡頭一定是放了祖先的寶物。」

「寶物！」

如果這裡真的是湯瑪士尋找的照相館，這個保險箱中或許有湯瑪士曾祖父所贈送的「懷錶」。不只拓海，草介和風香看起來都非常興奮，他們似乎心照不宣的懷著同樣想法。

「所以，你就拜託羽根岡先生把鎖打開對吧？」拓海恍然大悟的點點頭。

「原來真的不是小偷。」草介小聲的說。

「當然不是，你們是這麼想的嗎？」聽了草介說的話，麻衣子噗滋一笑。

「羽根岡先生是我日本工藝史的老師，之前，老師在課堂上為我們講解有關「鑰匙」的知識。當時，我為了這個打不開的保險箱找老師討論，不知為何老師非常興奮，還說務必讓他看看，所以，我就先請老師來看看狀況。後來，老師說會帶可能可以打開這個保險箱的鑰匙來，於是，今天就請老師來開保險箱了。」

「我想應該可以打開，但可以等我一下嗎？」正在和保險箱奮戰的羽根岡抬頭對麻衣子說。

「好的，不過，大概再一小時我就得去打工了。」

羽根岡皺著眉頭問：「你不是打完工才來這裡的嗎？」

「剛剛是在牛丼店，等一下要去超市站收銀臺，我明年想到美國留學，研讀現代藝術，必須努力賺取留學的費用！」麻衣子帶著燦爛的笑容，比了一個勝利的手勢。

本來以為她只是個活潑大方的大學生，沒想到這麼堅強能幹。

「喀嚓！」這個時候，箱子發出微微聲音。

「好，打開了！」

保險箱中到底放了什麼呢？

是金條、小金幣或寶石？
還是和湯瑪士一樣的懷錶……
還是……

第四章

打不開的保險箱

羽根岡用力提起金色把手，慢慢打開保險箱的門，沒想到，裡面竟然還有一道門！那是淡茶色的木門，上面也有鑰匙孔。

「怎麼會！」孩子們一起發出沮喪的叫聲。

「嗯，像這種老舊的保險箱經常是這樣的設計。」羽根岡苦笑了一下。

「這是一種多重結構，為了避免溼度和熱的影響，以桐木作為材料來打造，真是一件非常出色的作品！嗯……桐木箱的鎖應該很容易打開。」

說著，羽根岡將兩根金屬棒插入鑰匙孔，開始轉動，沒多久便聽到「咔」一聲，鎖打開了！這次，一定可以看到寶物！

麻衣子緊握著她纖細的手，嚥下口水凝神等待，拓海他們也屏住呼吸。

羽根岡把麻衣子叫到打開的門前面，麻衣子微蹲著身子，把手伸進保險箱內。

結果，她從裡面拿出來的是……四張紙。

麻衣子把這四張紙一張張攤在桌上，第一張是已經磨損的風景照，前方有池塘，池塘對岸有個像塔一樣的東西。

第二張和第一張一樣是風景照。

第三張是薄薄的紙，上面寫著「有花怡人沁心脾」這幾個毛筆字，字寫得非常好看，那似乎是伊呂波歌。

第四張是信籤，上面全是以藍色鋼筆胡亂寫下的字。

從金庫裡拿出來的東西只有這些。

「咦，這是什麼？只有這些嗎？裡面還有其他東西嗎？」最先開口的是草介。

「好像沒有了。」羽根岡說。

「什麼呀……還以為會有寶石或金子。」風香覺得非常喪氣。

「這些東西好像沒什麼價值。」麻衣子也嘆了一口氣。

雖然沒有懷錶，不過，所謂保險箱就是存放重要物品的地方。

除了紙張，應該還藏了其他重要的東西才對……

「拓海，如果這是半次郎先生的師父打造的，說不定會是機關箱，有什麼隱藏式抽屜，你不是很擅長解開這種機關嗎？要不要試試看？」草介對拓海說。

經草介這麼一說，拓海仔細看了一下木箱內，接著用手摸索箱子內部，突然，木箱上方發出了「喀」的聲音。

拓海把桐木箱頂部的板子稍微往上抬，板子竟然動了！

他把木板滑開後取下，發現裡面藏著小小的咖啡色信封。

兩張照片

寫在紙上的詩歌

有花怡人沁心脾，
若欲長在終歸無，
世間老少皆有願，
只問誰能永不孤？
凡塵無常如嶽深，
今越峻嶺心間瘦，
看盡浮生一場夢，
攜友悟來不再醉。

信箋上的文字

ㄊㄑㄚㄜㄨㄎㄏㄆㄐ ㄍㄞㄢㄘㄙㄎㄕㄜㄘ
ㄈㄆㄅㄡㄤㄠㄖㄓㄧ ㄊㄤㄎㄋㄣㄘㄔㄝㄉ
ㄘㄟㄠㄣㄞㄧㄊㄠㄉ ㄩㄣㄥㄧㄗㄏㄙㄓㄠ
ㄅㄟㄜㄢㄉㄔㄙㄑㄣ ㄊㄠㄕㄜㄇㄇㄙㄣㄧ
ㄗㄆㄢㄙㄇㄕㄢㄩㄏ ㄙㄝㄓㄑㄟㄑㄒㄗㄝˋ
ㄔㄝㄣㄎㄞㄈㄛㄒㄉ ㄇㄢㄝㄎㄗㄊㄑㄛㄕ
ㄩㄧㄥㄑㄢㄘㄊㄕㄨˋ ㄎㄣㄏㄐㄤㄨㄦㄋㄨˋ
ㄝㄇㄎㄊㄦㄑㄒㄋㄕ ㄆㄑㄢㄘㄣㄓㄔㄏㄉ
ㄘㄊㄋㄔㄩㄣㄠㄊㄉ ㄕㄇㄣㄨㄣㄩㄢㄊㄉ
ㄠㄓㄇㄣㄨㄏㄊㄙㄣˊ ㄚㄇㄠㄢㄣㄎㄆㄨㄨ
ㄉㄩㄈㄟㄨㄠㄛㄖㄕ ㄤㄕㄠㄨㄟㄘㄖㄖㄥˋ
ㄇㄣㄠㄢㄟㄣㄊㄜㄜˋ ㄋㄑㄙㄗㄘㄉㄗㄦㄉ

「麻衣子小姐，好像有什麼東西！」拓海轉頭對麻衣子說。

「哇，真的！」麻衣子的大眼睛瞪得更大了，她拿出信封。

信封的封口被緊緊封住。

「裡面好像裝了像紙一樣的東西……」麻衣子將信封放在日光燈下，想看看裡面的內容。

「要不要打開看看？」羽根岡問。

「好，我打開看看！」麻衣子小姐從頭上拿下一隻髮夾，插入信封封口快速劃過，將信封弄破。

裡面是一張舊照片，但這次不是風景照，而是人物照，是兩個男子滿臉笑容的搭著彼此的肩膀。

一個是身穿和服的日本人，另外一個是穿著西裝加背心、嘴邊留了鬍子的外國人，兩個人就站在掛著「緒方照相館」這個招牌的店門口。照片背面用藍色的鋼筆寫著「與約翰合影，一九三四年，緒方勝治郎」。

湯瑪士拿著相片，動也不動的注視著，不久便激動的指向照片上的人物說：「這個人是我的曾祖父約翰！而這個穿著和服的人，緒方勝治郎先生，他……他是麻衣子小姐的曾祖父嗎？」

「嗯……勝治郎……」

麻衣子把手貼在臉頰上想了一會兒後，肯定的說：「對，我想起來了！」

「之前，我曾聽爸爸說過照相館成立的過程。是曾祖父在仲見世成立，後來因為戰爭的關係，照相館被燒毀，曾祖父也去世，祖父則到鄉下避難、生活。戰爭結束後，又過了好一陣子才回到這個小鎮，然後，很辛苦的在這裡重新開設照相館。我爸爸的名字是勝次、祖父是勝吾郎、曾祖父是勝治郎，我們家每個人的名字裡都有一個『勝』字，聽說我出生時，爸爸本來也要取個有『勝』的名字呢！小時候我只覺得幸好自己名字是麻衣子。照片中的人確實是我的曾祖父，但為什麼我的曾祖父會和湯瑪士的曾祖父合照呢？」

「因為他們是朋友，不過，真可惜，沒有懷錶……」

「什麼？懷錶？」麻衣子疑惑的問。

「我以為這個保險箱裡會有懷錶。」

「為什麼？」

湯瑪士將有關自己曾祖父的故事，又再說一次給麻衣子聽。

「麻衣子小姐知道有關懷錶的事嗎？」

「懷錶……並沒有聽說過。」

「這樣啊，我曾祖父的懷錶現在在我手上，我一直以為找到緒方先生的子孫，就一定能找到懷錶。不過，麻衣子小姐沒有對吧？真可惜。」說著，湯瑪士從背包中拿出懷錶。

麻衣子對這個出乎意料之外的故事感到非常驚訝，她把懷錶拿在手中。

「真漂亮……」

「不只是漂亮，懷錶裡面還藏有密碼。」草介指著懷錶。

「什麼？密碼？」

拓海從麻衣子手中接下懷錶後，打開背面的蓋子說：「這裡寫了幾個字，不知道是什麼意思。我們原本想說，或許緒方先生的懷錶也有文字，將兩只懷錶對照一下，說不定就能明白其中的含意。」

「好厲害，你們好像偵探一樣。」麻衣子佩服的說。

羽根岡把懷錶拿在手上，仔細觀察了一下，並笑著點頭：「太棒了，這真是難得一見的好錶！你們真的太厲害了，竟然能找到老緒方先生的子孫，一路追查線索，真不愧是機關偵探團。」

「可是，我們沒有找到最重要的懷錶……」拓海非常沮喪。

「你們知道這兩張照片是在哪裡拍的嗎？」說著，羽根岡拿起從保險庫取出的風景照。

拓海等人盯著照片看，照片左邊是一棟豪華的日本房屋，前方有一個很大的水池，後面則聳立著一座高塔，高塔前有一個寫著「仁丹」二字的招牌。

照片的很多地方都已經破損，焦點也非常模糊，看起來似乎是在某個觀光景點拍的，但不知道那是什麼地方。

「照片中的這座塔叫凌雲閣。」羽根岡瞇著眼說。

「凌雲閣……」

「沒錯，明治時代興建在淺草附近，這是當時日本最高的建築，有十二層樓，是一棟紅磚打造的時髦建築。裡面有日本的第一個電梯，只是無法搭到頂樓。聽說那裡販售著從世界各國蒐集來的商品，上面的樓層有展望臺和活動大廳，這個塔是當時地區的象徵，後來因為大地震而倒塌，現在已經沒有這座塔了。」

一百多年前建造在這個小鎮的高塔……雖然現在已經消失，但當時的人們會從那座塔俯瞰小鎮，或是購物。

「嗯……凌雲閣……」拓海凝視著照片。

這時，他突然提出腦海中的疑問。

「這張照片為什麼會被這麼慎重的收在保險箱裡呢？」

「我也不知道，除了這兩張照片，還有古詩歌，以及寫在信箋上的字。這到底是怎麼回事呢？」

「這些字會不會是密碼？或許解開密碼之後，就知道懷錶在哪裡了……」拓海沒什麼自信的喃喃自語。

「是這樣嗎？」草介偏頭沉思，他將雙手交叉在胸前。

「湯瑪士的曾祖父和緒方先生的合照被特地藏起來，應該是很重要的東西，只不過後來被隨手扔在保險箱中。」

湯瑪士盯著密密麻麻、寫滿文字的信箋，他抬起頭說：「這說不定是曾祖父練習寫字的紙張。我在練習時，也會像這樣將字寫滿整張紙。」

「可是，如果是這樣的話，應該會寫一些有意義的文字來練習不是嗎？像是早安或謝謝之類的。」風香用手貼著下巴說。

大家似乎無法做出結論，當四個人還在低聲討論時，麻衣子看了一眼手機，「糟糕！」她說：「得去打工了，我要遲到了。」

「緒方，這個保險箱要怎麼辦？」羽根岡問。

「我拿著也沒用，請老師隨意處理吧！」

「好。」

「不好意思，這張照片和紙條我可不可以暫時留著？」拓海舉起一隻手，他對麻衣子說。

「咦？」

「我想再仔細思考一下，我還不想放棄，想再試著找一找緒方先生的懷錶。」

「這樣啊……好，我也想一起找找屬於我曾祖父的那只懷錶。不過，因為還要打工，沒有太多時間，只能委託你們了。」

「好！」

「也麻煩你們關一下門窗了。」

麻衣子對羽根岡鞠了個躬後，帶著笑容對湯瑪士說：「湯瑪士，謝謝你告訴我兩位曾祖父的事。雖然這件事有點突然，讓我嚇了一跳，但能夠了解自己的曾祖父，真的很開心，去世的父親應該也會很高興。」

說著，麻衣子對湯瑪士伸出右手，湯瑪士漲紅了臉，用雙手緊緊握住麻衣子的手。

「麻衣子小姐，現在和您握手……我們是朋友嗎？」

「是啊！湯瑪士和我已經變成朋友了！」

麻衣子把茶色信封交給湯瑪士。

「這是……」

「是你的曾祖父和我曾祖父的合照，請湯瑪士留著。」

「麻衣子小姐，非常謝謝你！」湯瑪士把信封緊緊抱在胸前。

麻衣子和湯瑪士用手機交換了聯絡方式後，便打開鐵捲門離開那家店。

「接下來該怎麼辦呢？要繼續尋找懷錶對吧？」拓海看著夥伴們問道。

「是想繼續找，但現在沒有線索。」草介一副想放棄的表情。

「是啊，我們找到緒方先生的子孫——麻衣子小姐，湯瑪士也和她順利握手，已經完成許久以來的願望了。」風香表示滿意。

「而且，怎麼還會有一百年前的懷錶呢？」草介說。

「湯瑪士不就有一個嗎？這是堅固友情的證明，所以緒方先生一定會很慎重的把它藏在某個地方。」拓海很堅持。

「誰知道呢？友情是什麼？兩個當事人都去世了，事情可以到此為止吧？」

「剛才湯瑪士和麻衣子小姐握手時，草介不是也看到了，兩個曾祖父跨越百年的友情不是連結到現代了！沒想到你這麼無情，太讓人失望了……算了，我和湯瑪士兩個人去找。」說著，拓海抓起湯瑪士的手，往鐵捲門的方向走去。

「你慢慢找吧！」草介繃著一張臉，對著湯瑪士揮揮右手。

現場氣氛突然變得尷尬，站在一旁的羽根岡一言不發的聽著兩人的對話。

「別這樣，你們兩個人是怎麼回事？湯瑪士都被嚇到了。」

風香走進兩人之間。

手被拓海拉著的湯瑪士紅著一張臉，幾乎要哭出來了。

「是我的錯，因為我的事情讓拓海和草介又吵架了。」

「不，我們沒有在吵架。」拓海搔著自己的頭開口解釋。

「對，我們只是各持己見……」草介也慌張解釋。

「各持己見……是什麼意思？」

「就是每個人各有不同的意見，就算是朋友，想法也會不一樣。可是，朋友可以彼此認同這樣的差異、互相信任，這樣說沒錯吧？」風香有點刻意的解釋著。

「沒錯……」拓海和草介異口同聲的說，同時互看了一眼。

「對了，不然這樣如何？」

風香啪響了自己的手說：「雖然懷錶的線索斷了，但我認識可以在這個時候幫上忙的人，等等我們就一起去找他。」

第五章

失物占卜與詩歌之謎

這裡是遊樂園附近一棟建築的三樓，門上的金屬板上，寫著「占卜鑑定．北本真砂女」。

真砂女婆婆是眾人公認非常靈驗，也十分受歡迎的占卜師。之前，真砂女婆婆的朋友八重奶奶差點遭受詐騙時，由拓海等人組成的偵探團曾經加以阻止，也因為那個機緣，得知真砂女婆婆是風香的親奶奶。

真砂女婆婆擅長各種占卜，尤其「尋找失物的占卜」更是受到好評。

和麻衣子分開，並和協助自己藏身的羽根岡道謝之後，拓海等人便小心翼翼的躲著黑衣男，離開了地下街。接著，大家遵循風香所提出的建議，來拜訪風香的奶奶，也就是真砂女婆婆。

「你們今天想占卜什麼？」

真砂女婆婆看著孩子們，而拓海、草介、風香和湯瑪士，四個人都拘謹的坐在沙發上。

滿頭銀髮的真砂女婆婆雖然年紀很大，但總是精神飽滿。

拓海喝了一口婆婆端出的綠茶，清了一下喉嚨後，便開始說話：「嗯……我們想找件東西。」

「你們弄丟了什麼重要的東西嗎？」

「並不是弄丟了，應該說不知道在哪裡……」

拓海開始詳細說明湯瑪士到來的理由，與那段感人的故事。

「所以說，我們想尋找湯瑪士曾祖父送給緒方先生的懷錶。」

「奶奶，湯瑪士是我們的朋友，我們希望可以幫他的忙。」

風香稍微提高了音調，撒嬌似的拜託真砂女婆婆。

一直閉著眼睛聽大家說話的真砂女婆婆突然張開眼睛，露出笑容。

「這故事真有意思，或許沒辦法剛好找到那件東西，但應該可以占卜出遺失的物品還在不在。你叫湯瑪士對吧？讓我看看你的懷錶。」說著，真砂女婆婆很快的對湯瑪士伸出手。

湯瑪士戰戰兢兢，一副想起身逃走的模樣，仍然一言不發的從背包中拿出懷錶，放在真砂女婆婆的手上。

「放心，我不會把你吃掉的。」真砂女婆婆帶著苦笑說，結果，湯瑪士反而更害怕的縮起了身子。

「奶奶是魔法師或女巫嗎？你要在懷錶上施法？」

「我不會什麼魔法。所謂占卜是以統計學、天文學、心理學等科學知識為基礎，經過漫長的歲月累積成的。而且，如果占卜師沒有經驗，或是對人的靈敏直覺，就沒有辦法進行正確的占卜，這和魔法或魔術這種無法輕信的東西是不一樣的。」

「湯瑪士，你可以放心，這個人是我的奶奶……」就在風香輕聲安撫湯瑪士時，真砂女婆婆用雙手將懷錶包覆起來，她閉上眼睛，緊閉雙脣。

「真砂女婆婆，你看到了嗎？」草介急切的追問真砂女婆婆。

「你好吵，再等一下。嗯……無法從這只懷錶感受到緒方的氣息，有沒有他本人所擁有的東西？」

「有，我想這個是緒方先生的東西。」拓海窸窸窣窣的從自己的單肩包中拿出幾張紙片。

原來是大家從保險箱中找到的兩張照片、寫著詩歌的紙，以及信箋，湯瑪士也從信封中抽出兩位曾祖父的合照，放在桌上。

「這是大家從緒方照相館中的保險箱拿出的東西，這個男人是湯瑪士的曾祖父，另外這位是緒方先生。」風香指著湯瑪士的照片，為真砂女婆婆說明。

真砂女婆婆依舊閉著眼睛、大口吸氣，然後慢慢的依序把手放在風景照、紙和信箋上。

拓海本來是不太相信占卜，但他心想，真砂女婆婆一定可以給大家一些有用的建議，便在一旁靜靜等待。

過了一會兒，真砂女婆婆彷彿鬆了口氣似的張開眼睛，她斬釘截鐵的說：「懷錶應該在某個地方。」

「真的嗎！」湯瑪士大聲的問。

「是的，我可以確實感受到。」

「某個地方是哪個地方呢？」草介問。

「不知道確切位置，可是，的確存在在這個世界上。」雖然不知道地點，但現在光是確定懷錶還在，也算是有進展。

拓海把頭轉向湯瑪士，用力點了個頭。

「不過，為什麼這張凌雲閣的照片會被收在保險箱裡呢？」

真砂女婆婆疑惑的說。

「您知道凌雲閣嗎？」拓海問。

「如果是久居這個小鎮的人應該都知道吧？凌雲閣在大約一百年前遇上地震而倒塌，親眼看過的人幾乎都不在了。我也只是年輕時聽說過，地震的時候，整個關東地區[7]都被燒成平地，許多人因此失去性命。倖存的人互相幫助，再次重新建造小鎮。

7. 指日本本州中部偏東的地區，以東京為主，及鄰近的八至九個縣市所構成，聚集超過日本三分之一的人口。

在那之後，雖然因為戰爭受到傷害，但大家還是重新打造出現在這個熱鬧的小鎮。……人類真的是非常有韌性啊！」真砂女婆婆深有所感的說，同時啜了一口茶。

「奶奶還有沒有感應到其他的事？」風香問。

「嗯……雖然不知道切確位置，但應該不是太遠，因為我可以感受到一股很強烈的氣息，懷錶應該就在附近。另外……」說到一半，真砂女婆婆盯著拓海的臉。

「你今天運氣很差。」

「什麼？我嗎？」拓海非常驚訝，他指著自己。

「是啊！」

的確，一早開始就全是倒霉事，心情非常煩躁，還和草介吵架，都是「運氣」不好的關係，才不是因為自己沒有耐性……

「只要活著，就會遭遇到各種不同的事。老是悶悶不樂，什麼事都做不了，就算是責備自己，也沒什麼用，還不如把希望寄託在明天。嗯……你明天的運氣比較好，或許會有一些進展。」

真砂女婆婆摸著湯瑪士的懷錶，「啪」一聲的打開背蓋。

「嗯？這裡寫了什麼呢？」

真砂女婆婆戴上老花眼鏡，動也不動的凝視著懷錶。

「懷錶內寫了一些字。您知道那是什麼意思嗎？」拓海湊近身子問。

「完全看不懂。」真砂女婆婆拿下老花眼鏡，把懷錶還給湯瑪士。

「我想這應該是某種密碼。」拓海告訴真砂女婆婆。

「說不定緒方先生的懷錶內也寫了字，如果把兩只懷錶擺在一起，或許就知道其中的意思了。」

「原來如此，這些是密碼嗎？」

「應該是。」

「那你們知道這些紙上寫的是什麼嗎？」

「是詩歌對吧？」風香回答。

「有花怡人沁心脾，若欲長在終歸無，世間老少皆有願，只問誰能永不孤？凡塵無常如嶽深，今越峻嶺心間瘦，看盡浮生一場夢，攜友悟來不再醉……如果以佛教的教義來說，也有人說他是在告訴大家得到幸福的生活方式。不過，這張紙上的詩歌和一般寫的不一樣，也有人說，實際上這首詩歌裡頭藏了密碼。」

經真砂女婆婆一說，大家再次看著紙……

有花怡人沁心脾，若欲長在終歸無，
世間老少皆有願，只問誰能永不孤？
凡塵無常如嶽深，今越峻嶺心間瘦，
看盡浮生一場夢，攜友悟來不再醉。

「密碼？」

「對，人們不知道它的作者是誰，也不知道是哪個年代寫的。但是，有學者說，只把每行的最後一個字加以連結，就是有意義的密碼了。」

「只有最後一個文字……」

「這叫藏尾詩，以前的人會偷偷把字藏在詩歌中來玩，或是交換祕密。藏在每行的第一個文字稱為『藏頭』，藏在最後一個字稱為『藏尾』，也能同時把密碼放入第一和最後一個字呢！」

這根本就是密碼！沒想到詩歌隱藏了密碼！

拓海一邊看著紙，一邊連結每一行的最後那個字，並把它們唸出聲來。

「無、孤、瘦、醉……這是什麼？是什麼意思？」拓海四人都感到非常疑惑。

「這是以同音字，悄悄藏在詩句裡，換句話說，就是沒有罪的無辜之人，卻遭受懲罰的意思。應該是寫成『無辜受罪』才對。」

「哇——」草介發出了惶恐的叫聲。

「好可怕！大家都若無其事的唸出隱藏怨念的詩歌……」

「我說這個並不是為了要嚇唬你們。」真砂女婆婆安慰似的說：「也有人說這是一種牽強附會的說法。我只是在想，這首附有傳說和臆測的詩歌為什麼會被放在保險箱裡？」

麻衣子的曾祖父緒方先生，應該是想透過這張紙中的詩歌和信箋上的注音傳遞某種訊息。

說不定，寫在信箋上也用了藏尾的暗號，如果把每一行的最後一個字連起來，就可以知道其中的含意，於是，拓海很快的把眼光轉移到信箋上。

但事情似乎不是這樣。如果把分成上下兩段的最後一個字取出，第一段是「ㄐㄧㄌㄣㄏㄌˋㄨㄕㄌˊㄣㄕㄜˋ」，第二段是「ㄘㄌㄠㄧˋㄝㄕˋㄨㄉㄌㄨˋㄥㄌ」，再怎麼看也不像是有意義的字。

草介和風香都目不轉睛的看著信箋。但是，很快的兩個人都嘆了一口氣，躺靠在沙發椅背上。

「沒辦法，什麼都看不出來。」

藏頭詩的暗號範例

只取每一行的**第一個字**，就成了有意義的文字。

唐 柳宗元《江雪》

千山鳥飛絕，

萬徑人蹤滅。

孤舟蓑笠翁，

獨釣寒江雪。

藏尾詩的暗號範例

只取每一行的**最後一個字**，就成了有意義的文字。

良宵月映人自**學**，

欲飲瓊漿杯已**無**。

依窗聞雨聲不**止**，

孤燈獨影話此**境**。

藏頭加藏尾的暗號範例

只取**最後和第一個文字**加以連結，
就成了有意義的句子。

機不可失萬事**全**，
關外一聲應百**員**。
偵伺先後落石**出**，
探源應是民心**動**。

回文的範例

改變閱讀方向的時候，
就會產生出不同的意思！

宋 李禺《兩相思》

《思妻詩》

枯眼望遙山隔水，往來曾見幾心知？
壺空怕酌一杯酒，筆下難成和韻詩。
途路阻人離別久，訊音無雁寄回遲。
孤燈夜守長寥寂，夫憶妻兮父憶兒。

（正讀）

《思夫詩》

兒憶父兮妻憶夫，寂寥長守夜燈孤。
遲回寄雁無音訊，久別離人阻路途。
詩韻和成難下筆，酒杯一酌怕空壺。
知心幾見曾往來，水隔山遙望眼枯。

（倒讀）

「真的，再怎麼看都只覺得是些沒有意義的文字。」

「沒關係，只要一直想，總有解開的一天。現在，我們已經知道懷錶就在附近，光是這一點就很開心了。」湯瑪士帶著笑容站起來。

湯瑪士用雙手緊緊環抱真砂女婆婆的肩膀。

「別這樣，我喘不過氣了。」

「風香的奶奶，謝謝您！」

拓海他們向真砂女婆婆道謝後，便離開辦公室。

這時，外頭的天色已經慢慢變黑了。

離開大樓前，拓海和草介站在樓梯下的出口前左右張望，仔細確認外頭的狀況。

那個黑衣男似乎不在這裡。

拓海他們飛快跑了起來。

福屋柑仔店的店內擠滿了亞洲觀光客，拓海的爸爸和媽媽手忙腳亂的站在櫃臺裡面工作，阿九則蜷曲在展示架上，從高處俯瞰看著店內。

在這種狀況下，拓海很可能會被叫去幫忙店裡的工作。於是拓海偷偷爬上二樓，避免被爸媽發現。

外公還沒回來。拓海把之前向外公借的雨衣和帽子放回原處後，又悄悄離開店裡。

「對了，湯瑪士住在哪裡？」拓海問在店門口等候的湯瑪士。

「我住在車站前的雷門膠囊旅館。我在日本時，通常會住在那裡，爸爸已經幫我預約了。」

「膠囊旅館……」

拓海、草介和風香三人互相看了彼此一眼。

那個男子可能還在找湯瑪士，這個時候，獨自住在膠囊旅館非常不安全。

「你要不要住我家？」拓海馬上提出建議。

「真的嗎？可以嗎？」

拓海家是三房的大樓住宅，就在福屋柑仔店附近，空間不算太大，不過，爸爸有時候會讓藝人後輩留宿，而草介偶爾和爸媽吵架，賭氣離家時，也會來借住。所以湯瑪士來借宿一晚，應該也不會有問題。

懷錶下落的線索已經斷了，目前也沒有其他目標，他們決定跟著風景照的資訊，明天到凌雲閣舊址一探究竟後，風香和草介便各自回家。

湯瑪士則先打電話給旅館取消預約，再到拓海家借住。

晚餐是拓海媽媽的拿手好菜——炸豬排配味噌湯，還有馬鈴薯燉肉。湯瑪士非常感動，他沒兩下就吃光了盤裡的東西，洗完澡後馬上就睡著了。

湯瑪士先是經歷了美國到日本的長途旅行，然後又一邊躲避謎樣男子的跟蹤，一邊尋找懷錶，會這麼疲累也是理所當然的。

拓海進入自己的房間，把兩張照片、紙和信箋攤開來放在桌上，又將湯瑪士懷錶內的文字抄在便條紙上。

左看右看，還是看不出個所以然來。

不過，真砂女婆婆說明天的運氣比較好……

相信明天一定會有好事發生！

想著想著，拓海打了個哈欠後，便鑽進被窩。

第六章

解開照片密碼

隔天早上，拓海和湯瑪士坐在福屋店前的長板凳上，草介和風香跑了過來。

「草介、風香！早安！」

今天，湯瑪士穿了黑色T恤搭配牛仔褲，外加一頂拓海借他的深藍色帽子，不像昨天身穿雨衣那樣不自然，今天的打扮非常樸素。

「早安，湯瑪士！昨天睡得好嗎？」風香問。

「托你的福，我在拓海家睡得很好，炸豬排也很好吃。」

「我試著查了一下。」草介一邊看著智慧型手機的螢幕，一邊對拓海說。

「查什麼東西？」

「凌雲閣的舊址。」

「羽根岡先生說在六區附近，我在想要不要去那裡看看。」

六區指的是位於淺草寺西南方的娛樂區，昨天拓海他們去的大眾澡堂也在那裡。

「我上網查過，那裡好像有一個凌雲閣的紀念碑。」

「真的嗎！」拓海佩服的直盯著草介的臉看，光是把目標縮小，也足以讓人大受鼓舞，真不愧是草介！

拓海幹勁十足的對大家說：「好，我們就去看看吧！」

他們馬上就找到凌雲閣的紀念碑了。

那裡沒有遺址公園或紀念館，只在掛有「營業中」這種誇張旗幟的小鋼珠店前，默默立著一個寫著「淺草凌雲閣紀念碑」的小金屬板，板子上有凌雲閣的圖片和簡單的文字說明。

「哈，竟然只有這樣。」草介稍稍縮了下脖子。

「就是啊，這張圖片上的塔和在保險箱發現的照片一樣，所以，我們可以確定那確實是凌雲閣的照片……」拓海也有點期望落空。

「羽根岡先生和真砂女婆婆都斷定那就是凌雲閣的照片，這件事不是早就知道了嗎？」草介語帶不滿的抱怨。

「嗯。」草介說得沒錯。

風香彷彿要說服自己般的點點頭，同時把手放在金屬板子上。

「這是當時國內最高的建築，也是淺草的象徵，在這一百年間，小鎮上的建築物不斷改變，光是立了介紹牌就很了不起了。」

湯瑪士一會兒蹲下一會兒站起，一會兒湊近一會兒遠離，他用智慧型手機從各個不同角度拍下這個介紹牌，簡直就像是在拍偶像一樣。

「嗯……這裡應該找不到懷錶的線索。現在要怎麼辦？」就在草介問拓海時，有個聲音從後方傳來：「哎呀，是拓海。」是羽根岡。

「早啊！」

「咦？早……早安。」

面對這個突然出現的意外人物，拓海瞪大了眼睛，和對方點頭打招呼。

「你們果然在這裡，我還是有點推理能力。」

「推理……」

「昨天不是從保險箱中找到凌雲閣的照片嗎？所以我想你們一定會循著那個線索來到這裡。」

「這麼說也沒錯……」

除了照片，就沒有其他線索了，只剩下寫了沒有意義注音的信籤和詩歌。

「我的辦公室就在附近，走幾步路就到了。有個東西想讓你們看看。」

丟下這幾句話後，不等拓海他們回應，羽根岡便開始往前走。

羽根岡的辦公室就在距凌雲閣遺址走路五分鐘的地方。

辦公室位於一棟八層玻璃帷幕建築的二樓，外觀相當新穎時髦。辦公室約十坪大，只有一個房間，沿著牆面排列的書架和書桌整理得非常整齊，但幾乎有超過一半的空間都堆疊了紙箱。

「我搬到這裡已經一個多月了，一直沒能整理好。」羽根岡帶著歉意說，一邊招呼拓海他們進屋。

「你們就坐在那裡吧！」說著，羽根岡指著窗邊的桌子。

拓海等人東張西望，一邊在可容納六人的桌椅坐下。

過了一會兒，「我想讓你們看看這個。」羽根岡把其中一個紙箱抱過來。

「這是什麼？」拓海等人窺探著被擺在桌上的紙箱。

紙箱裡放了書、攝影集、盒子，以及一個類似看歌劇用望遠鏡的東西。

羽根岡坐在椅子上，輪番看著拓海等人的表情。

「你們有聽過『立體照片』嗎？」

「立體照片？」

「沒錯，就是這個。」羽根岡拿出約明信片大的相框卡紙。

紙張已經褪色，似乎已經很舊了，相框卡紙上有兩張拍了幾位身著和服女性的照片，兩張照片是一模一樣的。

「這是明治時代在日本拍的照片。這兩張照片看起來好像一樣，但其實有些微不同。」

「這是『大家來找碴』的照片嗎？」

「不，不是，這是從有微差異的位置拍攝同一風景所拍出的照片，是用專業相機拍的，那是一種有兩個鏡頭的特殊相機，可以拍攝兩張鏡頭瞄準位置略有不同的照片。兩張照片只有拍攝的角度和位置不同，照片的差異乍看之下並看不出來。在這個盒子裡，有很多這樣的立體照片。即使沒有專用相機，只要下點功夫，一般的相機也拍得出來。按下快門後，將相機的位置稍微水平移動……大約是人類兩眼之間的距離，然後再次按下快門，就可以拍出立體照片了。」

盒子裡有許多拍了身著和服的人、神社的鳥居[8]、富士山等舊時日本風景，且兩張為一組的相框卡紙。拓海從裡面拿出一組仔細觀察，但不管是哪一組，兩張照片看起來完全一樣。

8. 日本神社的建築之一，傳說是連接神明居住的神域與人類居住的俗世之通道，屬「結界」的一種。鳥居有多種形狀，但大多均以兩根支柱與一至二根橫梁構成，部分鳥居在橫梁中央有牌匾。

「為什麼要拍這麼多兩張一模一樣的照片？」

「人有兩個眼睛。右眼看到的景色和左眼看到的景色是位置稍有不同的景象。那些景象傳到大腦後，兩個影像加以合成，眼睛看到的東西才會是立體的。這些照片就是利用這個原理，讓人在看照片時可以有立體的感覺，這種照片稱為立體照片。例如3D電影，基本上也是運用這樣的原理。」

「哇！」

「明治時代有針對外國觀光客販售許多這類的觀光照片，也有販售以立體的角度來觀看的工具。」

說著，羽根岡拿出感覺就像比較粗糙的歌劇望眼鏡的東西。

「如果將照片搭配這個名為立體鏡的觀片器，照片看起來就是立體的。」

拓海他們輪流觀看觀片器。結果，透過觀片器看到的兩張照片有了景深，變成一張非常鮮艷、鮮明的照片，感覺就像有人站在那裡一樣，非常立體。

真是不可思議。

「好厲害！太有趣了！」拓海他們看得非常入迷，不停換照片來看。

「哇！」湯瑪士看著觀片器，一邊發出驚嘆。

這時，羽根岡帶著笑容對在一旁等待的拓海等人說：「現在只有一個觀片器，但也有不用觀片器，卻一樣可以看到立體照片的方法。」

羽根岡教他們的方式是「立體視覺」。

將兩張照片當作親眼看到的風景來觀看，讓焦點慢慢變模糊，然後再刻意不對焦的盯著已經變模糊的照片。

持續盯著看，直到兩張照片的影像看起來變成三個影像。

看起來像三個影像之後，會不知不覺的突然對焦，這時，只有中間的影像看起來會變得立體鮮活。

拓海和草介很快就學會怎麼看，但風香花了很長的時間，才開心的拍著手說「我看到了！」。

「因為視力的差別，有人怎麼樣也無法學會立體視覺。其實我也不太擅長……學會立體視覺後，就可以看看這裡的攝影集。」

羽根岡把刊載了許多「立體照片」的書抽出來讓拓海他們看，包括自然森林、都會中的大樓、海邊、動物、航空照片……

看過各種立體照片後，拓海「啊！」的叫了一聲！

「對了，說不定凌雲閣的照片也……」

拓海從包包中拿出照片，然後隔著觀片器來看……果真如他所料，照片看起來有了景深，感覺非常立體！前方水池的細微波紋和映照在水面上的建築倒影等，都可以清楚看見。簡直就像在看著製作精巧的迷你透視鏡。

接著，草介、風香和湯瑪士輪流使用觀片器，也都發出驚喜的叫聲。

「就像羽根岡先生說的，只要學會立體視覺，就算沒有觀片器也看得到。」

然後拓海將照片從觀片器移開，排放在桌上，他屏氣凝神的專注看了一會兒，放鬆眼睛之後，他發現兩張照片慢慢往旁邊移開，看起來像有三張照片一樣。

看似三座塔並排的凌雲閣高塔中，中間塔的影像焦點會特別清楚，變得非常鮮艷、立體，同時也有了景深。

和剛剛透過觀片器看到的一樣，就算眼睛往左右移動，中間的照片依舊是立體的，但事實上，桌上只有兩張照片。

不過，若以立體視覺來看，看起來就像三張照片。而且，本來應該不存在的中間那張照片，看起來非常立體，真的非常不可思議！

專心看著照片的拓海突然叫了一聲：「怎麼會……」

「怎麼了？」草介問。

「如果是按照平常的方法看著這張照片，並不會注意到，但現在覺得高塔的頭好像變圓了。」

「這張照片本來就到處都有破損，應該是高塔部分的印刷剝落了。」草介若無其事的說。

「等一下。真的只有這裡變成白色！羽根岡先生，請你過來看。」風香一邊看著照片，一邊向羽根岡先生招手。

羽根岡運用立體視覺，一會兒看著照片，一會兒又將眼睛移開。過一會兒，羽根岡將臉抬起，對著拓海點頭。

「就像拓海說的，在這張照片中，凌雲閣的高塔部分很不自然的被塗成白色。我想應該是有人故意動了手腳。」

只有凌雲閣高塔的頂端被故意塗成白色，這是怎麼回事？

帶有暗號的詩歌和凌雲閣的立體照片……

緒方先生為什麼要把這些東西放在保險箱裡？

「啊！」這時拓海叫了一聲，他從包包拿出信箋，就是從緒方先生的保險箱拿出來胡亂寫著文字的信箋。

「這說不定是……」

將眼睛湊近、然後再遠離兩張照片，
宛如親眼看到般讓焦點慢慢變模糊，
這時就可以看到照片的影像變成三個，
其中，中間那個影像的焦點會特別清楚。
當看到立體影像時，就形成「立體視覺」，
照片中的高塔頂端看起來變成朦朧的白色。

拿著兩根放大鏡，將放大鏡靠近照片再遠離照片，
一直到可以看到三個影像為止，
便可以看到和「立體視覺」一樣的效果。

從保險箱中找到的
凌雲閣照片

拓海向羽根岡借了便條紙和筆後，開始寫起字來。

緒方先生一定有在保險箱中的紙張上，留下某些訊息……

詩歌是真砂女婆婆所說的藏尾詩密碼。換句話說，就是把每一行的最後一個字加以連結。

另外，還有凌雲閣的立體照片。如果運用立體視覺來觀看兩張照片，凌雲閣的頂端就不見了。

所以意思是要刪除「凌雲閣」的頂端，也就是「凌」？不對，目前線索中沒有這個字，難道是要拆解成注音嗎？

突然想到這一點的拓海，一邊看著信箋，一邊把文字抄在便條紙上。

他將信箋中分成上下兩段的文字，每一行的最後一個字取出後再加以連結。

第一段是「ㄐㄧㄌㄣㄏㄌㄨˋㄕㄌㄣˊㄕㄜˋ」，第二段是「ㄘㄌㄠㄧㄝˋㄕㄨˋㄉㄌㄨㄥˋㄌ」，看不出有任何含意。

接著，拓海把「ㄌ」拿掉，結果文字變成……

「ㄐㄧㄣㄏㄨˋㄕㄣˊㄕㄜˋ」和「ㄘㄠㄧㄝˋㄕㄨˋㄉㄨㄥˋ」……

這麼一來，這些文字就有意義了！

隔著拓海的肩膀看著便條紙的風香和草介互相擊掌、歡呼。

信籤上的文字

ㄊㄑㄚㄜㄨㄎㄏㄆㄐ
ㄈㄆㄅㄡㄤㄠㄖㄓㄧ
ㄘㄟㄠㄣㄞㄧㄊㄠㄉ
ㄅㄟㄜㄢㄉㄔㄙㄑㄣ
ㄗㄆㄢㄙㄇㄕㄢㄩㄏ
ㄔㄝㄣㄎㄞㄈㄛㄒㄉ
ㄩㄧㄥㄑㄢㄘㄊㄕㄨˋ
ㄝㄇㄎㄊㄦㄑㄒㄋㄕ
ㄘㄊㄋㄔㄩㄅㄠㄊㄉ
ㄠㄓㄇㄣㄨㄏㄊㄙㄣˊ
ㄉㄩㄈㄟㄨㄠㄛㄖㄕ
ㄇㄅㄠㄢㄟㄣㄊㄜㄜˋ

ㄍㄞㄢㄘㄙㄎㄕㄜㄘ
ㄊㄤㄎㄋㄣㄘㄔㄝㄉ
ㄩㄣㄥㄧㄗㄏㄙㄓㄠ
ㄊㄠㄕㄜㄇㄇㄙㄣㄧ
ㄙㄝㄓㄑㄟㄑㄒㄗㄝˋ
ㄇㄢㄝㄎㄗㄊㄑㄛㄕ
ㄎㄣㄏㄐㄤㄨㄦㄋㄨˋ
ㄆㄑㄢㄘㄅㄓㄔㄏㄉ
ㄕㄇㄣㄨㄣㄩㄢㄊㄉ
ㄚㄇㄠㄢㄅㄎㄆㄨㄨ
ㄤㄕㄠㄨㄟㄘㄖㄖㄥˋ
ㄋㄑㄙㄗㄘㄉㄗㄦㄉ

遵循藏尾詩的規則，
取出**每一行的最後一個字**，得出……

ㄐㄧㄌㄣㄏㄌㄨˋㄕㄌㄣˊㄕㄜˋ
ㄘㄌㄠㄧㄝˋㄕㄨˋㄉㄌㄨㄥˋㄌ

把這些當中的ㄌ去掉之後

「ㄐㄧㄣㄏㄨˋㄕㄣˊㄕㄜˋ」
「ㄘㄠㄧㄝˋㄕㄨˋㄉㄨㄥˋ」

解出的密碼是……

今戶神社，
糙葉樹洞！

「怎麼樣，發現了什麼嗎？」湯瑪士驚訝的問。

「解開密碼了！可能知道懷錶在哪裡了！」

拓海大叫，同時站了起來，這時湯瑪士比了一個萬歲的手勢，興奮的跳著。

「哇，太厲害了！曾祖父一定會很高興！麻衣子小姐一定也很開心！」

湯瑪士大叫了一陣子後，他靜靜看著桌上的筆記。

「這個『ㄐㄧㄣㄏㄨˋㄕㄣˊㄕㄜˋ』是什麼？」

「那是附近的一座神社，叫今戶神社。」

「神社就是有神明在，大家會去參拜的地方，沒錯吧？」

「對啊，我們趕快去看看吧！」

看到拓海他們這麼開心，羽根岡也點頭微笑。

今戶神社是一座歷史悠久的神社，因身為招財貓的起源地而著稱。這裡可以祈求姻緣，所以有很多年輕女性和海外觀光客到此造訪。

真不知道今戶神社後方糙葉樹的樹洞中，有著什麼東西？

謝過羽根岡後，他們離開辦公室，抱著希望前往今戶神社。

走出辦公室，在第一個轉角轉彎時，拓海突然轉身停下腳步，因此和緊跟在他身後的草介撞了個正著。

「好痛，你在做什麼？」草介皺眉，一邊輕撫自己的胸前。

「那傢伙還在那裡。」拓海說。

在馬路對面，有個一邊走路，一邊東張西望的高大黑衣男。

「啊？怎麼還在？」草介將身體往後傾。

「那個人竟然還在！」風香躲在建築物後面，只露出一張臉窺探馬路。

「他還真的是糾纏不休。」

「那傢伙怎麼知道湯瑪士住的地方？」拓海皺起眉頭。

昨天離開澡堂後，還在地下街碰到，然後今天又撞見，他的直覺未免也太準了！

「湯瑪士，你身上是不是裝了追蹤器之類的東西？」草介說。

湯瑪士像要檢查自己的身體一樣用手到處拍打。

「沒有，確定沒有追蹤器。該怎麼辦呢？要硬衝過去嗎？」

「對。」拓海點點頭。

從那裡到神社，走快一點的話大約需要二十分鐘。如果可以順利找到捷徑，或許可以在不被發現的狀況下抵達神社。

「好，那我先走，確認沒有問題之後，再叫湯瑪士。風香和草介跟在湯瑪士後面，要注意有沒有被那傢伙跟上。」

就像是為了保護高官而躡手躡腳的忍者，拓海等人開始沿著牆壁一路走走停停，走了幾步便停下來，再走幾步又停了下來。

之後，再也沒看到男子的身影，總算平安抵達神社。

第七章

神社的糙葉樹

穿過今戶神社的鳥居後，建造於後方的神殿前有兩隻很大的招財貓。雖然不是過年或特別的日子，仍有許多參拜客在排隊。神社因為年輕女性而顯得非常熱鬧，她們應該是來祈求姻緣護身符的吧！

拓海他們決定繞到神社後面。

正當他們打算往神殿旁前進時，有很大的聲音從後面傳來：「那裡禁止進入。」那是個男子的聲音。

回頭一看，有個身穿深紅色和服，頭戴黑色帽子，年紀大約五、六十歲的男子站在那裡。

「是和服！請問是今戶神社的人嗎？」

湯瑪士跑到那個人前面。

「是的，我是這裡的宮司[9]。」男子以和藹的語氣回答。

「宮司？」湯瑪士覺得很疑惑，他看著拓海。

「對，就是這個神社最重要的人。」

「原來如此！宮司！」湯瑪士抓著宮司的手不停揮舞著。

宮司先生彷彿覺得有點困擾，不過，他還是帶著笑容讓湯瑪

9. 神社內擔任祭祀相關工作的最高負責人員。

士揮動自己的手，感覺非常親切。

拓海往前走一步，對宮司說：「不好意思，我們想詢問一件事，請問這個神社後面有糙葉樹嗎？」

「不，沒有。」宮司先生馬上回答。

「沒有嗎？」草介驚訝的說。

拓海也認為只要來到這裡，一定會有糙葉樹，所以，他再次確認的問：「我是說『糙葉樹』，真的沒有嗎？」

「這裡種了各種不同的樹，但現在沒有糙葉樹。」

密碼雖然已經解開，卻少了糙葉樹這個最重要的目標。

「啊！」風香突然大叫一聲。

「宮司先生是說現在沒有，所以以前有種過，是嗎？」

「是的，不過因為戰爭的關係，這座神社也遇到空襲，不管神殿還是樹木都燒成灰了。」

「因為空襲……」

拓海他們在學校上課時，也經聽過戰爭和空襲的故事，戰爭開打後，美國軍機多次飛到東京上空，不斷進行爆炸攻擊，也有許多人犧牲了。

災情最嚴重的是一九四五年的東京大空襲。

當時約有三百架美國軍機以東京老街為中心開始進行爆炸攻擊。炸彈落下後便開始燃燒，進而引發火災。整個地區因為從空中落下的無數炸彈而幾乎被燒毀，火焰彷彿要吞噬整個城鎮，將一切燃燒殆盡。無處可逃的人一個接一個的跳入河川，受傷的人、奄奄一息的人都飄在河面上……

今戶神社的建築和樹木都被燒掉了，而且，糙葉樹也已經不存在了，原以為已經解開緒方先生的密碼，沒想到卻是一場空。

或許是因為拓海等人的沮喪心情表現得太明顯，宮司先生忍不住開口詢問：「你們想調查什麼呢？」

宮司先生的語氣非常溫暖，於是拓海開始一點一滴的說出整件事的經過。

聽完整個故事後，宮司先生點了個頭，然後，便把拓海等人帶到後方的辦公室。

那個小小的房間裡擺著兩臺事務機、書架，以及接待客人用的沙發。

宮司先生招呼孩子們坐在沙發上後，便一臉嚴肅的說：「可能需要一點時間，請你們在這裡稍等一下。」說完，宮司先生便往後方走去。

過了一會兒，辦公室入口的拉門被緩緩的打開，一個氣喘吁吁的人走了進來，而那人正是麻衣子。

「咦？怎麼會是你？」拓海驚訝的看著麻衣子。

這時，湯瑪士拍著自己的胸脯說：「是我聯絡麻衣子小姐的。我和她說密碼已經解開了，我們要來今戶神社。」

「我是跑過來的，找到懷錶了嗎？」麻衣子用她閃亮亮的大眼睛問道。

拓海向麻衣子說明解開的密碼後，她開心的拍手。

「你們太厲害了！」

「還好啦！不過，最重要的糙葉樹已經被燒掉了。」拓海沮喪的低著頭。

大約等了三十分鐘之後，宮司先生抱了個東西回來了。

「您好，初次見面，我是緒方麻衣子。」麻衣子起身點頭。

「啊，你是……」宮司先生瞇起眼睛。

「嗯，你就坐在那裡吧！」

那是一本用縫書線縫訂的書冊，以及用白布包裹、像盒子一樣的東西。

「在這個神社中，戰爭前的東西大多被燒掉了，沒有留下，但戰爭結束後的紀錄都有被仔細保管。我上上代的宮司在剛剛提到的戰爭中存活了下來，戰爭結束後，便開始撰寫當時發生的事。這就是那本紀錄的冊子。」

說著，宮司先生把手放在約五公分厚的書冊上。

「裡面記錄了戰爭的悲慘和神社的重建經過，另外，也紀錄了每一個和神社有深入交流的人們。現在，我們就來看看那個部分，裡面有緒方勝志郎先生的名字。」

「緒方勝治郎！」那是和湯瑪士的曾祖父有著深厚情感的緒方先生的名字，也是麻衣子曾祖父的名字。

拓海他們湊近身子，聆聽宮司先生說話。

今戶神社當時的宮司和緒方照相館的老闆緒方勝治郎先生是同鄉，或許就因為如此，他們在戰爭開打前感情就非常好，然後就是戰爭開始之後發生的事了。

戰況越來越激烈，國家為了補充物資，下令蒐集企業與家庭中的金屬類物品，蒐集到的金屬會拿來作為戰時的武器材料。

這也就是所謂的「金屬類回收令」，街上或學校的銅像、寺廟裡的鐘、人孔蓋、門片、信箱、湯鍋、飯鍋，甚至是錫製玩具，除了生活中最低限度的必需品，所有金屬類物品都必須搜查出來。附近鄰居中，有許多人都帶著監視的眼光，只要知道有人私藏金屬物品，就會被大力譴責，因此，有不少人都流淚捐出自己的金屬物品。

緒方先生家也找出了各種金屬物品，但他怎麼也不肯捐出來的就是那只懷錶。

約翰先生送他那只懷錶時，戰爭還沒開始。當時，緒方先生還曾經很自豪的把懷錶拿給照相館的常客看。但是，如果被附近鄰居或憲兵知道自己還保留著那個懷錶，全家人恐怕都無法繼續在這個小鎮生活。

無計可施的緒方先生找上他信賴的人，也就是今戶神社當時的宮司商量。懷錶是身為敵國的美國人送的禮物，而且背蓋還刻了帶有謎題的文字，這個時候，如果被懷疑是敵國間諜恐怕也無法否認。

官司先生擔心緒方先生的安全，於是決定暫時把懷錶存放在神社裡。隱藏的地點是神殿後方的神木，也就是一顆巨大糙葉樹的樹洞裡，那裡應該沒有什麼人會進去。

東京大空襲那天，被警報驚醒的宮司雙手拿了滿滿的神社重要物品到外頭。火勢馬上就要延燒到神社，好幾十臺的轟炸機發出的聲音，一邊進行超低空飛行，一邊丟下無數顆燒夷彈。火星漫天飛舞，雖然是半夜，但四周就像白天一樣明亮。

照這樣下去，神社馬上就會被燒毀。宮司雖然不忍心拋下神社自己離開，但生命無價，宮司站在神木糙葉樹前鞠了個躬。

這時，宮司想起緒方先生寄放的東西，他馬上把手伸進樹洞，拿起用油紙包裹的盒子，跑到防空洞去。

緒方先生本人在那次空襲中去世了，而緒方太太和三個年幼的兒子，因為在老家鄉下避難，所以安然無恙，他們似乎也就這樣住在鄉下那塊土地，沒有再回到小鎮來。

「後來，因為不知道緒方先生家人的聯絡方式，當時的官司似乎就一直保留著那只懷錶。這本冊子寫著『懷錶被仔細保存在倉庫中，如果緒方勝治郎先生的遺屬來了，請代為轉交』。現在，懷錶就在這個包裹裡。緒方麻衣子小姐，您真的是緒方勝治郎先生的後代嗎？」

麻衣子張著她的大眼睛，以堅定的語氣說：「是的。」

宮司先生將白色包裹交到麻衣子手中。

「這是勝治郎先生寄存在這裡的東西，現在就交還給你了。」

「非常感謝。我想曾祖父一定也十分感激。」

麻衣子接下白色包裹，慢慢解開包裹上的結。裡頭是一個用硬脆的茶色油紙包裹的盒子，另外還有一本皮革筆記本。油紙內有一個桐木盒，打開盒子之後，裡面裝了一只用白色絲棉包裹的銀色懷錶。是那個懷錶！

湯瑪士將自己的懷錶輕輕放在那只懷錶旁邊。和湯瑪士的懷錶一樣，麻衣子小姐的懷錶錶蓋刻了櫻花圖案，打開蓋子之後，裡頭的錶面和玻璃都像新的一樣閃閃發亮，維持著美麗的模樣。

一百年前，來到日本的外國人所贈送的禮物，躲過了戰爭，現在，就在眼前！這只懷錶又順利回到緒方先生後代的手上！

拓海非常激動，他說不出話來，只是定定的凝視著那只懷錶。

草介和風香也一樣屏住呼吸。

「這麼一來，我曾祖父約翰一定非常開心，緒方先生的友情太令人感動了！」湯瑪士站起來向麻衣子伸出右手。

「我真的好感動……」麻衣子用手擦了擦熱淚盈眶的眼睛之後，堅定的和湯瑪士握了握手。

「那這個到底是什麼東西呢？」草介指著和懷錶一起出現的皮革筆記本。

那本厚厚的筆記本大約像小型平裝書籍一樣大，焦茶色的皮革已經褪色，很多地方也都已經變色。筆記本的封面有著櫻花浮雕，封底刻著詩歌文字，感覺非常陳舊。

不過，筆記本上的四位數密碼鎖是鎖上的，完全打不開。

拓海拿起筆記本，想知道這究竟是一本日記，還是照相館工作的記錄？除了不知用途為何，如果沒有轉出四個正確的數字，也沒辦法打開這本筆記本。

「把封底的詩歌當作線索來拆解，說不定就可以知道這四位數的密碼了？」說著，拓海凝視著筆記本封底。

「嗯……又是密碼。」風香低聲說著。

「抱歉，打擾一下。宮司先生，差不多該出發了……」來到辦公室的是一位年輕的巫女。

「對了，我得去參加祝禱了。各位，我先離開了。」

拓海他們和麻衣子對著匆忙起身的官司先生鞠了好幾個躬，向他道謝，然後便離開今戶神社。

第八章

皮革筆記本的祕密

離開神社後的拓海等人，沿著河邊不停走著。這裡是被整修成水岸休閒區的「隅田川露臺」。聳立在隅田川對岸的是銀色的東京晴空塔，欄杆上站著好幾隻正在做日光浴的白色海鷗。

或許因為今天是晴朗的假日，好多人都在河邊悠閒散步。一家大小、情侶、牽著狗的老夫婦、慢跑的人……大家各自享受著河邊風景和瀰漫著海水氣味的河風。

這恬靜的光景，已經完全感受不到過去戰爭時的慘狀。

走了一會兒，拓海他們剛好看到桌子和長凳，正要坐下時，每個人的肚子都不約而同的「咕嚕咕嚕」叫了起來。

早就過了正午，麻衣子小姐一邊輕聲竊笑，一邊站起來跑到河邊的咖啡店，幫大家買來午餐和飲料。

拓海他們大口吃著三明治，烤得恰到好處的現烤三明治，裡頭包了火腿和融化的起司，堪稱絕佳美味。

「一切都很順利呢！」

沒兩下就把午餐吃完的湯瑪士拿出手機。

「我們在這裡拍個紀念照吧！大家靠過來，笑一個！」

湯瑪士伸長了手臂舉起智慧型手機，大家拿著吃到一半的現烤三明治，儘量靠近湯瑪士，讓所有人都可以出現在畫面裡。

「西瓜甜不甜！」

智慧型手機的畫面上映照著五個人的笑容。

吃完三明治後，拓海一邊喝著裝在紙杯中的香甜冰咖啡歐蕾，一邊拿出筆記本和筆。

現在就只差解讀懷錶的密碼。

另外，還有新的密碼——皮革筆記本的密碼鎖也必須打開。

風香把有花朵圖案的手帕攤開在桌上，湯瑪士和麻衣子小姐拿出懷錶，一起放在手帕上。

「這兩只懷錶看起來一模一樣呢！」草介說。

「沒錯，可是裡面應該不一樣。」

湯瑪士打開自己那只懷錶的背蓋，麻衣子小姐也一樣把懷錶的背蓋打開。

背蓋上……有著大家預期中的東西。

麻衣子的懷錶和湯瑪士的懷錶一樣，都刻上了文字。

拓海看著兩只懷錶，開始在筆記本上抄寫。

約翰的懷錶寫：「一志青霄一志長，身沒詩名萬古在。」

緒方的懷錶寫：「杳冥鄉里尋知友，青春衣繡共稱誼。」

如果一樣用藏尾詩規則去解密，將每一行的最後一個字拿出來，就會變成……「長在」和「友誼」。

「咦？長在友誼？這是什麼？」草介噘起嘴說。

「不是這樣的，要改變順序，是『友誼長在』。」說著，拓海把文字重新寫了一次。

風香拍手說道：「原來如此，是想祝福兩人友誼的意思吧？」

「沒錯。」拓海點點頭。「湯瑪士曾祖父的設計是，如果兩人的子孫在遙遠的未來可以相遇，解開藏在兩只懷錶中的密碼並相互對照，便會出現『友誼長在』這句話。」

「太棒了！」風香看著懷錶出神。

湯瑪士曾祖父的懷錶內的文字

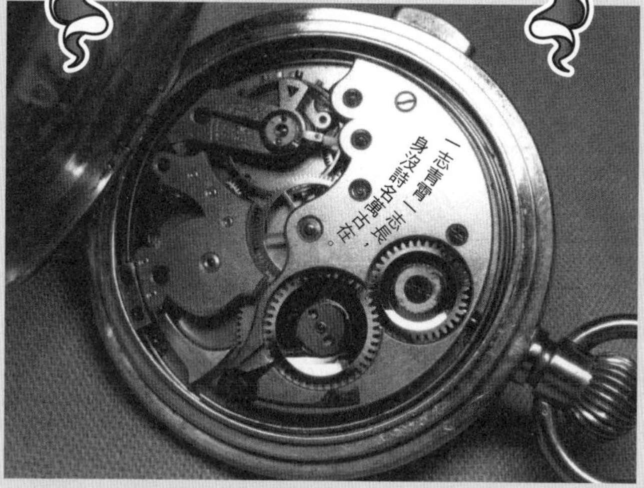

麻衣子曾祖父的懷錶內的文字

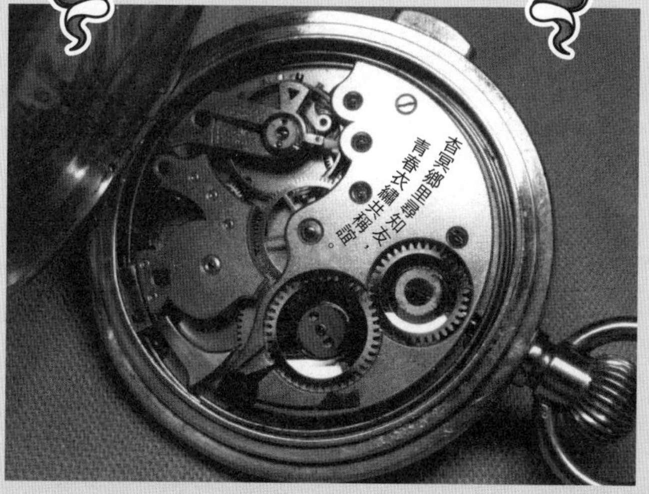

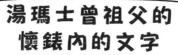

接著，拓海又拿起筆記本，仔細觀察了一下，刻在封面的櫻花圖案和懷錶是同樣的設計。不過，刻在封底的詩歌文字，和從保險庫找到的不同，是採取一般的斷句。封底的污損非常嚴重，文字已經看不太清楚了。

筆記本封面有著四位數的密碼鎖。用手分別撥動這四個格子，可以轉出從「0」到「9」的數字，但沒有轉到對的數字，就無法開鎖。

「轉盤有四位數，換算起來的話，有一萬種組合！」麻衣子嘆了一口氣。

「有一萬組嗎？」拓海也嘆了一口氣。

「如果要嘗試所有的數字，可能要花好幾天的時間。」草介噘著嘴說。

「無法解開密碼就沒辦法開鎖了，為什麼緒方先生和湯瑪士的曾祖父要這樣繞圈子呢？」

「那是為了要躲避警察和軍隊的調查。」

「但是，說不定用老虎鉗就可以打開這本筆記本了！」

的確，筆記本的皮革磨損得非常嚴重，如果把它破壞掉，或許就能把筆記本打開。

「等一下。」風香宛如要保護筆記本般用手壓著。

「緒方先生他們一定經常玩這種密碼遊戲，所以才會覺得光是留下懷錶和筆記本太沒有意思了。我想，他們應該是希望子孫也一起運用智慧，在玩樂中尋找密碼。」

「就算不粗魯的把筆記本弄壞，應該也有辦法打開吧？我們再想一想。」

拓海指著風香手上的筆記本：「筆記本封底除了詩歌之外，好像還寫了別的字……」

封底的皮革表面到處都有如斑點一般的東西。但是，在那些斑點中，詩歌上方還可以看到數字之類的東西。

「真的呢！」麻衣子小姐驚嘆之餘，也拿出面紙用力擦拭。

「哇！」湯瑪士一邊看著麻衣子的手邊，一邊叫了出來：「這些是數字吧？四方型的格子內有數字。」

「在哪裡？」拓海也探頭過來。

在筆記本封底，那首詩歌上方的方形框框內刻了數字。

1 有花怡人沁心脾，若欲長在終歸無，

2 世間老少皆有願，只問誰能永不孤？

3 凡塵無常如嶽深，今越峻嶺心間瘦，

4 看盡浮生一場夢，攜友悟來不再醉。

「我知道了！」草介舉手說：「就如同『無辜受罪』一樣是用同樣讀音的密碼，第一行的文字是『無』讀音是二聲，所以密碼鎖的第一個數字是2。第二行讀音是一聲的『ㄍㄨ』，所以密碼鎖的第二個數字是0。第三行是四聲，所以第三個數字是4，第四行讀音也是四聲，所以第四個數字還是4。因此，密碼是『2044』！」

拓海照著草介說的在密碼鎖上轉出「2044」，但筆記本上的鎖一動也不動。

「不對嗎？」草介把額頭貼在桌上，覺得非常可惜。

「嗯……」拓海雙手抱頭，突然間，他抬起臉。「緒方先生把懷錶和筆記本一起寄放在神社對吧？如果把兩支懷錶放在一起時所出現的訊息當作線索，說不定就能知道筆記本的密碼了。」

「是的！我也這麼想。」湯瑪士點頭說道。

「如果把『友誼長在』當作提示，那四位數字是……」

拓海又開始在筆記本上寫出詩歌。

「如果將密碼鎖和這首詩歌的數字相互對照，就可以推理出來了。不過，應該不是字數，而是和『友誼長在』這些字有某種連結。比方說，如果把與他們同音的字挑出來……」

如果試著從詩歌中挑出「友誼長在」同音字，就會變成這樣。

1 **有**花**怡**人沁心脾，若欲**長在**終歸無，

2 世間老少皆**有**願，只問誰能永不孤？

3 凡塵無**常**如嶽深，今越峻嶺心間瘦，

4 看盡浮生一場夢，攜**友**悟來不**再**醉。

「也就是說，第一行因為有四個字，所以數字是4，第二行有一個字，所以數字是1，第三行也是1，第四行是2，所以密碼是4112。」

湯瑪士將密碼鎖的數字撥轉成「4112」，鎖順利打開了。

「哇！太棒了！」湯瑪士站起來比了一個勝利的姿勢。

「麻衣子小姐，可以打開筆記本嗎？」

「可以，麻煩你了。」

湯瑪士輕輕打開筆記本，裡面是約翰和緒方先生的相簿。

寫在筆記本封底的文字

1
有花怡人沁心脾，
若欲長在終歸無，

2
世間老少皆有願，
只問誰能永不孤？

3
凡塵無常如嶽深，
今越峻嶺心間瘦，

4
看盡浮生一場夢，
攜友悟來不再醉。

找出與「友誼長在」同音的文字

1
有花**怡**人沁心脾，
若欲**長在**終歸無，

2
世間老少皆**有**願，
只問誰能永不孤？

3
凡塵無**常**如嶽深，
今越峻嶺心間瘦，

4
看盡浮生一場夢，
攜**友**悟來不**再**醉。

1 這行有「有、怡、長、在」四個同音字

密碼的第一個數字是 **4**

2 這行有「有」一個同音字

密碼的第二個數字是 **1**

3 這行有「常」一個同音字

密碼的第三個數字是 **1**

4 這行有「友、再」兩個字

密碼的第四個數字是 **2**

筆記本鎖的密碼

是 4 1 1 2！

約翰前往雷門和淺草寺的照片、在溫泉鄉拍的兩人身穿浴衣的照片、在富士山頂高舉著滑雪仗的約翰、對著照相機鏡頭開玩笑般丟出雪球的緒方先生，以及穿著和服，拘謹站在門松[10]前的兩人……每一張照片都傳遞了兩個人一起度過的歡樂時光。

如果是這兩個人，留下沒有解開密碼就沒辦法打開的筆記本，和子孫開開玩笑，那也是很自然的事。

約翰回國後，緒方先生一定非常掛念約翰。但是，戰爭卻發生了。兩人無法聯絡，為了不讓別人發現懷錶和相簿，造成拖累家人的意外，必須把它們藏起來。

拓海翻著相簿，心裡堅信著，雖然兩人無法再次相見，心靈肯定緊緊相繫；就算沒有聯絡、沒有見面，不管到了幾歲，只要還留存著快樂的回憶，友情就會永遠持續下去……

湯瑪士抬起頭看著麻衣子：「麻衣子小姐，就算分隔兩地，不管是在戰爭，還是和平時期，就算是兩個人都去世了，曾祖父們的友情還是會永遠的持續下去，我想緒方勝治郎先生一定是很棒的人。」

10. 由松或竹製作而成的新年裝飾。日本會在正月期間，擺放在家門口。

「是的，我想湯瑪士的曾祖父一定和湯瑪士一樣，是個有勇氣又重感情的人。」

湯瑪士環抱著麻衣子的肩膀，和她緊緊相擁。

「啊！」這個時候，草介叫了一聲，同時站了起來。

「那個男的還在！」

「什麼？」拓海和風香也站了起來。

在那裡！黑衣男從兩、三百公尺外的對岸橋畔往這裡走來，而且旁邊還有個金髮男子。

即使有點距離，也可以看出那個人的體格非常壯碩，金色的頭髮配上黑框眼鏡，超大的黃色上衣上寫了個「忍」字，就和湯瑪士昨天穿的上衣一樣……

湯瑪士盯著那邊看，大叫了一聲：「爸爸。」

「什麼？爸爸？」

「沒錯，那是我爸爸，但是他為什麼會和那個可疑的人走在一起？」

湯瑪士瞪大了眼睛，攤開雙手聳著肩膀，而湯瑪士的爸爸晃著大肚腩跑了過來。

「湯瑪士！」爸爸用他巨大的身軀緊緊抱著湯瑪士。

第九章

相遇的「機關」

這裡是島田天井店——

這個四坪大的包廂，是有著壁龕的豪華和室座位。坐在壁龕前的，是湯瑪士的爸爸和湯瑪士。而那個可疑的黑衣男則戴著太陽眼鏡，盤起雙腿，坐在他們旁邊。

麻衣子、風香、草介、拓海等人依序抬頭挺胸、畢恭畢敬的坐在桌子對面。

沒多久，身著和服的女服務生進來了，她快速的把桌子整理了一下。燉煮菜、生魚片和天丼……炸蝦蓋飯是特大碗，蝦子的尾巴都跑到碗外面去了。

「湯瑪士承蒙各位的照顧了！今天我來請客！」湯瑪士的爸爸和大家打招呼。

「不要客氣，請享用。」湯瑪士也面帶笑容的說。

在隅田川和爸爸相遇後，他們搭上停在河邊的大廂型計程車，直接被載到了天井店「島田」。

雖然不到兩小時前才在河邊吃了現烤三明治，或許是因為動腦苦思，拓海已經開始覺得肚子餓了，草介和風香也和拓海一樣，一個勁兒的吃個不停。

拓海他們一邊盡情享用天井，一邊聽湯瑪士的爸爸說話。

按照預定，湯瑪士的爸爸原本會比湯瑪士晚兩天才到日本，因為擔心湯瑪士，所以他快速讓工作告一段落就趕來了。

「為什麼會選這家天丼店？」坐立難安的草介問。

這是草介的爸媽經營的天丼店，草介的爸爸是廚師，媽媽是管理服務生的老闆娘，草介也經常在店裡幫忙，但是以客人的身分坐在和式座位上，讓草介有點不太自在。

「我朋友和我說，島田家的天丼是最好吃的。」

「哇！真的嗎！」草介非常開心，臉上綻放出燦爛的笑容。

風香小聲的告訴湯瑪士：「這裡是草介的家。」

「哇！這家是草介的天丼店！好厲害啊！這是我第一次吃天丼，我覺得非常好吃！」湯瑪士激動的揮舞著筷子。

老實說，「島田」的天丼真的非常美味，不僅天婦羅炸得十分酥脆，包裹著麵衣的蝦子彈牙可口，又甜又辣的醬汁也非常香醇，光是把醬汁澆在白飯上，就可以吃上好幾碗。

將大碗公裡的米飯吃得一粒不剩的拓海看著黑衣男。

「這一位是……」

「這個人不是什麼可疑份子……」

湯瑪士搔著頭說：「他是爸爸因為擔心我，幫我找的保鑣。」

「保鑣？」

「是的。」從剛剛開始就一直保持沉默的男子放下手上的大碗，摘下墨鏡，大大的咖啡色眼睛笑得有點滑稽，雖然體格粗壯，但面容卻長得非常柔和。

「我是湯瑪士爸爸的同事，名叫卡克・班。湯瑪士的爸爸在美國總公司，我在東京分公司，平常都在寫程式，這是我第一次當保鑣。」

湯瑪士的爸爸雙手手心朝上的聳了個肩。

「湯瑪士鼓足精神，決定一個人到日本來，那時，湯瑪士拍著胸脯說他一個人沒問題的，請我相信他。湯瑪士真的長大了，我非常感動。所以我後來同意他一個人出國，就把他送到日本了。但是，我還是非常擔心……我馬上聯絡在東京的卡克，可是我又想，如果湯瑪士知道我請卡克擔任保鑣，一定會很傷心。所以我拜託卡克偷偷保護湯瑪士，不要被發現。」

湯瑪士把頭撇到一邊，繃著一張臉。沒有受到爸爸的信任，實在很懊惱，發現湯瑪士的表情時，爸爸再次擁抱湯瑪士。

「對不起，湯瑪士。一想到你可能發生什麼事，我就坐立難安，所以才打電話給卡克……」

卡克一邊瞇眼看著湯瑪士父子，一邊說：「這是爸爸和兒子的深厚情感，真的很美好。我很努力的當保鑣，為了不讓人家發現，我穿著黑衣服，因為電影或電視劇中，重要人物的保鑣都是這樣打扮的。」

「嗯……這樣反而更醒目。」草介說。

「我看了一定會覺得你很可疑。」湯瑪士再度繃著一張臉。

「我雖然在機場跟蹤湯瑪士，但後來就跟丟了。不過，我事先已經從湯瑪士爸爸那裡得到情報，湯瑪士抵達日本之後，應該會先去澡堂，只是，我在那裡又把人跟丟了……不過，我又聽說下一個可能會去的地方。因為湯瑪士來日本的目的是找懷錶，應該會去有照相館的淺草地下街。所以，我去了地下街，但找不到叫緒方照相館的店，覺得非常苦惱。」

「原來如此，所以你才會出現在地下街。」拓海恍然大悟的點點頭。

逃離澡堂之後，可疑黑衣男卡克沒有跟蹤湯瑪士，因為知道湯瑪士會去地下街，所以他才會出現在那裡。

「不過，你今天怎麼會知道湯瑪士人在哪裡呢？」風香驚訝的問。

今天早上，離開羽根岡的辦公室後，在往今戶神社的路上，也發現了卡克的身影，甚至讓人以為湯瑪士身上被裝了追蹤器。

「那是因為……」卡克笑著說：「湯瑪士寫電子郵件和爸爸說取消了預約好的旅館，住在福屋柑仔店。聽到這件事之後，我查了福屋的地點，今天早上到那一帶繞了一下，但沒有發現湯瑪士，只好漫無目的在街上閒逛。」

所以，拓海他們前往今戶神社途中，才會隱約看到碰巧在那裡閒逛的卡克。

「剛剛，湯瑪士有和爸爸說自己人在隅田川嗎？」拓海問。

「沒有。」

湯瑪士的爸爸喝了口茶後，回答拓海：「到了羽田之後，我打電話給卡克，他說還不知道湯瑪士的行蹤。因為確定湯瑪士人在淺草，所以我跳上計程車，但不知道人在淺草的哪裡。不過，和卡克會合後，馬上就收到湯瑪士寄給我的照片。」

湯瑪士的爸爸讓拓海他們看了行動電話的畫面，那是吃現烤三明治時，湯瑪士拍下的照片。

「可是，這張照片只拍到五個人的臉部特寫和三明治，應該不知道地點吧？」草介把臉湊近螢幕說。

的確，照片沒有拍到東京晴空塔，也沒有拍到橋，光是這樣要鎖定地點是不可能的。

湯瑪士的爸爸抿嘴一笑，搖搖右手的手指。

「不，背景有欄杆和水，雖然只有拍到一點點。」

經湯瑪士的爸爸這麼一說，拓海他們的臉龐、肩膀和手臂間的隙縫這些小小的空間，確實勉強拍到了一點咖啡色的欄杆和藍色的水面。

「如果從這張照片推測，人應該在河川附近。卡克和我說，在淺草，一說到河，大家都會想到隅田川。但是隅田川很長，我不知道湯瑪士在哪裡，剩下的線索就只有三明治而已。我上網搜尋，發現在隅田川有一家店賣著和照片中一樣的三明治。所以，我把車子停在附近，開始沿著河岸走，然後就發現湯瑪士了！」

「好厲害！」拓海等人異口同聲的說。

卡克拍拍湯瑪士爸爸的肩膀，很驕傲的說：「他是一個名偵探，有超強的推理能力。」

湯瑪士的爸爸果真是遺傳了約翰喜歡推理又愛惡作劇的性格，拓海非常感動，他不斷輪番看著湯瑪士和湯瑪士的爸爸。

「湯瑪士一個人來日本，真的好厲害！而且也交到了朋友，精神又這麼好，看起來非常開心。」

說著，湯瑪士的爸爸宛如用力摩擦般的，來回摸著湯瑪士的金髮，然後再次緊緊擁抱湯瑪士。

「這麼一來，保鑣的任務就順利完成了！」卡克也在一旁豎起大拇指說：「真棒！」

所以，可疑的黑衣男其實是偷偷保護湯瑪士的保鑣。

拓海他們看了彼此一眼，聳了聳肩膀。

一個禮拜後，大家來到羽田機場的國際線出境大廳。

在解開懷錶密碼之後，湯瑪士和爸爸盡情享受旅行。

因為爸媽規定拓海上國中後才能擁有智慧型手機，所以拓海沒有手機，不過，看著湯瑪士偶爾寄給草介和風香的照片，拓海知道湯瑪士與他爸爸去了秋葉原、京都、大阪……等各個景點觀光。而且，照片中的湯瑪士總是一副非常開心的模樣。

湯瑪士跟著拓海、草介和風香在這個小鎮到處跑來跑去，其實也就只有兩天的時間，但湯瑪士一直非常開朗、樂觀，光是一起相處，拓海就不禁跟著開心了起來。

湯瑪士真的是一個很棒的朋友！

在大廳中，拓海一邊看著湯瑪士的表情，一邊回想著這些事，而湯瑪士再度穿了上頭有個「忍」字的上衣。

「湯瑪士，如果有再回來玩，要和我們聯絡呀！」拓海緊緊握著湯瑪士的手。

「當然！下次大家一起泡露天溫泉吧！」

「我會把天井的食譜寄給你，請試著做做看。」草介說。

「記得要常常寄照片來！」風香哽咽的說。

「很開心能夠認識湯瑪士，真的謝謝你！」麻衣子趁著打工和上課的空檔，趕來送湯瑪士。

「我會到美國留學，到時候一定會去找湯瑪士！」

麻衣子蹲下身子，用手臂摟著湯瑪士的脖子。

「知道了。」湯瑪士雖然滿臉通紅，但還是緊緊抱著麻衣子小姐。「麻衣子小姐，我等你來！大家都是我的朋友，謝謝！」

湯瑪士分別和每個人擁抱之後，帶著笑容，和爸爸一起消失在登機門那頭。

「他回去了。」草介說。

「是啊……」拓海低聲說著，右手依舊舉著沒有放下。

風香拍了一下自己的大腿：「走吧，我們也回家吧！」

幾天後的福屋柑仔店內，從學校回來的拓海又被媽媽逼著看店，他一個人坐在櫃臺裡。

「你好。」說著，草介走進福屋柑仔店。

「有人送了好多人形燒，我帶來了，要吃嗎？」

「好啊！」

兩個人在微暗的店內大口吃著人形燒。

「喵——」小貓阿九走了進來。

「阿九，你回來啦！巡視得如何？」

阿九靠了過來，拓海溫柔的摸著牠的頭，阿九舔了舔裝了水的盤子後，便在櫃臺的老位置捲成一坨睡著了。

「那個……」拓海一邊玩弄著心型人形燒，一邊與草介說話。

「嗯？」

「我之前在澡堂對你說了很難聽的話，對不起。」

「什麼？」

「那個時候，雖然湯瑪士有來幫我們排解，但我還是覺得應該正式向你道歉。」

「你在說什麼？」草介愣了一下，一副不知所以然的模樣，似乎已經完全忘記和拓海吵架的事。

過了這麼久了還再重新提起那件事，也是很麻煩。

「你到底在說什麼？」

「沒事啦！」

「算了，雖然我不知道拓海為什麼要和我道歉，反正我原諒你就是了。」

「什麼意思？」

「別說這個了，有聽到羽根岡先生的事嗎？」草介探出身子，換了個話題。

「羽根岡先生？」

「嗯，麻衣子小姐家的保險箱用很高的價格賣掉了。之後要蓋的大飯店不是由羽根岡先生擔任設計總監嗎？」

「對。」

「好像要買來當作飯店的用品。」

草介把嘴巴湊進拓海的耳邊說出的金額，堪稱是一筆鉅款。

「哇！這麼多錢。」

「當然，那筆錢會付給麻衣子小姐。」

「有了這筆錢，就可以拿來當作麻衣子小姐滿心期待的海外留學資金了。」

「太好了！」

「是啊……對了，你看了這個禮拜的《密碼刑警》嗎？」草介一邊點頭，一邊伸手拿人形燒。

「看了。」

「密碼解開了嗎？」

「嗯，這次的密碼雖然非常難，但還是解開了……要我和你說嗎？」

「不，不要。」草介慢慢移回手掌，最後摸到自己的胸前：

「我想試著自己解。」

「是嗎？這樣也好。」

草介把第二個人形燒塞進嘴裡：「可是，湯瑪士在的時候，我們一直在解密碼，與其說是『機關偵探團』，還比較像『密碼偵探團』。」

「說得也是。」

除了找人，也找懷錶，雖然做了感覺很像偵探的事，但和機關並沒什麼關係。

或許不是拉一拉繩子裡面就會動、壓一下板子蓋子就會打開，或是利用齒輪或發條來啟動機械裝置的「機關」，但是拓海覺得和湯瑪士與麻衣子小姐的邂逅，感覺就像透過人與人之間的連結所孕育出的奇妙「機關」。

未來，拓海一定會遇到更多的人，那個時候，又是什麼樣的「機關」會把拓海和那個人連結起來呢？

拓海一邊想著這些事，一邊大口吃著人形燒，他和草介兩人一言不發，就這麼小口小口的啜著茶。

「感覺我們好像一起喝茶的爺爺。」拓海把自己心裡想的話很直接的說了出來。

「嗯……這也沒什麼不好，朋友不就這樣嗎？」草介說。

「是這樣嗎？」

拓海喃喃自語，一邊把手放在阿九的頭上。

童心園 191

機關偵探團 2：解開懷錶暗號

からくり探偵団 懐中時計の暗号を解け！

作　　者　藤江純
繪　　者　三木謙次
譯　　者　吳怡文
總 編 輯　何玉美
責任編輯　施縈亞
封面設計　王蒲葶
內頁排版　連紫吟・曹任華

出版發行　采實文化事業股份有限公司
行銷企劃　陳佩宜・黃于庭・蔡雨庭・陳豫萱・黃安汝
業務發行　張世明・林踏欣・林坤蓉・王貞玉・張惠屏・吳冠瑩
國際版權　王俐雯・林冠妤
印務採購　曾玉霞
會計行政　王雅蕙・李韶婉・簡佩鈺
法律顧問　第一國際法律事務所　余淑杏律師
電子信箱　acme@acmebook.com.tw
采實官網　www.acmebook.com.tw
采實臉書　www.facebook.com/acmebook

I S B N　978-986-507-606-1
定　　價　300 元
初版一刷　2021 年 12月
劃撥帳號　50148859
劃撥戶名　采實文化事業股份有限公司
104台北市中山區南京東路二段95號9樓
電話：(02)2511-9798　傳真：(02)2571-3298

國家圖書館出版品預行編目資料

機關偵探團 . 2 : 解開懷錶暗號 / 藤江純作 ; 三木謙次繪 ; 吳怡文譯 . -- 初版 . -- 臺北市 : 采實文化事業股份有限公司, 2021.12
面 ;　公分 . -- (童心園 ; 191)
譯自 : からくり探偵団 懐中時計の暗号を解け！
ISBN 978-986-507-606-1(平裝)
861.596　110018135

KARAKURITANTEIDAN KAICHUDOKEI NO ANGO WO TOKE!

采實出版集團
ACME PUBLISHING GROUP

童心園

童心園